再忙，也要很浪漫

工作一直都是忙碌，
財富永遠都嫌不足，
對於生活，
我們總是留心於它的煩鬱和壓力，
卻忘了活出優雅，為浪漫找一處上演的舞台。

浪漫，可以化解困境，
讓心有勇氣微笑面對一切。
當生活因浪漫而美好，
那就是一生最值得的付出。

游乾桂 著

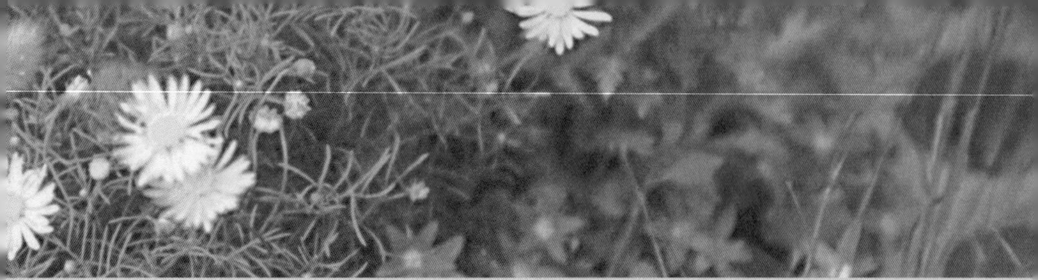

目錄

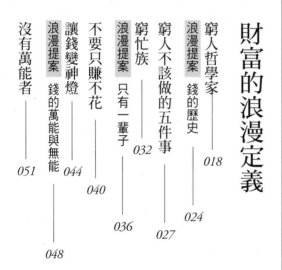

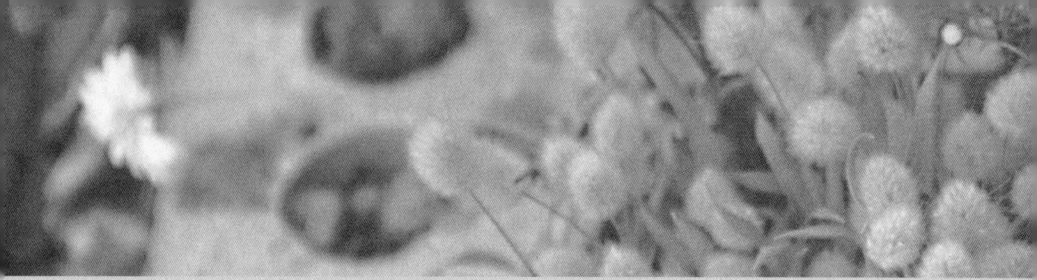

Part.2 不花錢的優雅

Part.3 創意生活家

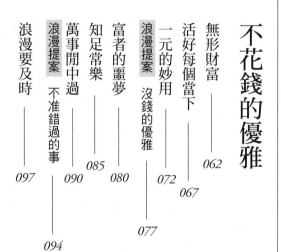

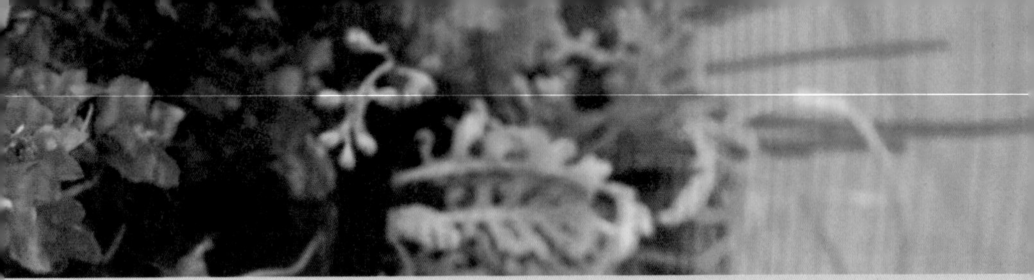

Part.4 身邊的風花雪月

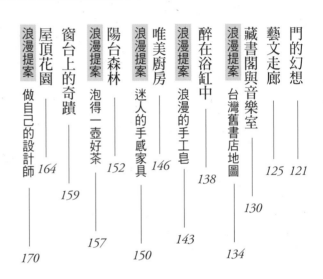

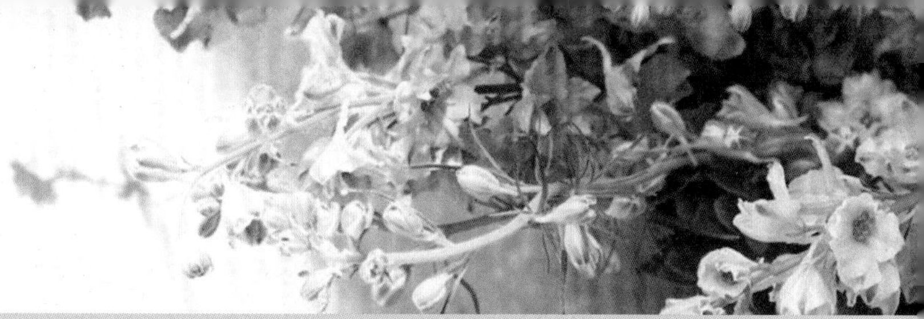

Part.5

喜樂養生術

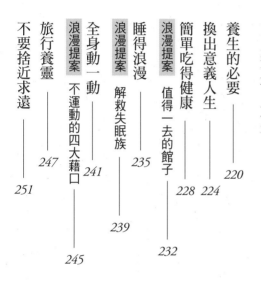

自序

浪漫說帖

浪漫的居家生活，一再被媒體傳誦，讀者開始在部落格上留言：何時把浪漫生活的所思、所想、所做、所為，寫成一本書，以供參考？

我正有此意，因為浪漫這件事之所以成為生活的一部分，的確經過一番掙扎、思索，希望自己不單只是忙碌的工作者，應該也是一位悠閒的享樂者。這主張極好，我不忍獨享，便接受眾議，寫成了《再忙，也要很浪漫》了。

德國作家亞歷山大．馮．舍恩堡在他的作品《生活可以這麼過》之中，有一篇文章寫到〈節約的必要〉，深有同感。節約與貧富的確有一定的關連，不當用卻用的人，要富很難，當花則花，不當花不花，可以省下很多錢。這是作者的轉折點，使人會心一笑，因為那也是我的美好生活轉折。

王了一的「自嗟名利客，擾擾在人間；何事長淮水，東流亦不閒？」一度長久盤據心田，但就是分不清楚圖了個什麼，何以非忙不可。圖名？圖利？圖錢？也許都有吧，以至於不得閒，便不浪漫了。

於是偷閒一陣子，最近又忙碌起來，這一回，就非名利的理由了。乍看之下，與我所主張的悠閒生活似乎背道而馳，事實上並不然。無意之間，我發現金錢的新一層意義，忙中得了一點錢，存了起來，便可以利用它來創造、尋找，或者助人尋得更有意義的生活。

我主張工作賺錢，但不主張毫無節制的工作，以至於損失了浪漫時光。我將一半的時間用來工作，再將因而得來的財富，取一些用來尋覓浪漫生活。我深刻奉行著有錢真好，有閒更好，健康是寶的生活哲學，只是我更加明白孔方兄的重要性。比方說，我愛旅行，它便需要一筆錢；寫作需要閱讀，買書也得花錢；日常生活，兒女學雜費都非錢不可，說錢不重要是誆人的。我還有一個大夢，希望開一間「美好生活中心」，地點選在風景宜人的老家宜蘭，讓煩忙的人體驗優雅生活。我會安排一些入門課程：有機飲食、禪修等等。天啊！這需要一筆很大的錢，依我目前的進帳方式，大約只剩兩個機會可以圓夢了，一是巧逢貴人，二是中樂透。

富人一詞離我甚遠，即使再給我一輩子，有錢人也不是我。夢是該有的，至少有夢很美。可以圓的，是理想，不能圓的是幻想，永遠圓不了的是妄想。

我游移在理想與幻想之間，也許做得到，也許辦不到，不過無所謂的，我明白自己在做什麼，不會忙得像一部好用的機器，反覆工作，用勞力多賺得一點錢，而是運用技巧，讓錢添得了美妙用途。

機器與人在我身上交戰多年，終於有了勝負，我決心當人。它們的差別在於：固定、一成不變、操作、有效率、持續工作、沒有悠閒生活的，是機器；人必須休息、停頓、放鬆，過著浪漫的日子。可惜的是，我們多數人皆明白自己是人，卻一再重複過著機械生活，真的何苦來哉！

我的反思來自於一件事的辨明：我是奴錢者，而非錢奴，錢是賺來用的，不是藏了起來，累積成富賈。努力工作，只是希望自己有錢可花，不必乞討度日。遵守這樣的承諾，即使未必因而變有錢了，也得有最低程度的消費與浪漫生活。

人生只有工作，是不可思議的事。工作不該只是為了錢，更大的意義在於精神生活。我們透過它來轉換生命意義，某種程度上，錢猶如西藏的「轉法輪」，將陰暗轉去，回到光明，轉去疲憊，回到精力充沛。

如果以錢的數量而論，我稱不上有錢，但收入減去消費得到的數字，以及對它的支配度，就屬富有之人了。我一向保持收入減去消費為正的美妙狀態，而且擁有百分之一百的支配力。我不算有錢，但從未向人借錢，一百萬元的大筆支出，有極大困難，得深思熟慮，但十萬元就不是難事了。

我分得清楚一件事：該花則花，能省就省，急與不急，重要與不重要，需要或者不需要，沒有模糊空間，

我常省小錢花大錢，只因一個浪漫。小錢不花是因它不需要，比方說，我的衣櫃早滿了，來不及清理，多一件只添得一個麻煩。買了未必會穿，這筆小錢就屬浪費，即使是兩百元，十件就是兩千元，百件就是兩萬元，積少成多，就可以換來一趟浪漫旅行。在別人眼中，兩百元一件衣服比一萬六千元的吳哥窟之旅省多了，我卻把前者當成浪費，後者當成逍遙，因為前者役於物，後者物於役。

但盼我這樣的解釋，讀者全聽得懂。再不懂，我就得花上一本書，起承轉合，抽絲剝繭，言之有道起來了。我相信至少利用這本書，讀者應該可以清楚我的生活精髓。

窮的意義很含混，有人覺得千萬還是很窮，有人卻只要有得吃喝就稱得上富有了。我無暇顧及每一個人的定義，只是堅持要浪漫，生活就會添得質感。

財富與時間是相生相剋的，財富來自努力的所得，時間則是努力的價值，

缺一不可。有時間花用的人，錢才是有價的，否則再多也是無價，不值得。

媒體多次把我形容成住在深山，遠離紅塵，不食人間煙火似的隱居者，實在令人惶恐。事實上，它離真實情形太遠了，根本非我；我不僅不是遠離紅塵者，甚至仍在紅塵滾滾之中，只是逍遙度日而已。

簡單的確是我的座右銘，少一點，減一點，夠了，一直盤旋在腦海之中，莫敢或忘，但不至於因而就把錢鎖了起來，束之高閣。金錢制度的創造不屬於這種用途的，它是便於交易、易於流通、很好計算，甚至公平，而創造出來的計算形式，我們有了它，方可計算出物品與努力之間的對價關係。

如果把辛苦換取的代價雪藏起來，努力便毫無意義了；金錢若是無法流通，就是所謂的死錢。交易不活絡，經濟呈現停滯，通貨膨脹將因而發生，原先物品與努力的對價關係因而起了變化，貶值於是形成。

我懂這些道理，因而知道花錢的必要，不想讓勤奮所得化成烏有，於是更努力消費了。我所理解的歐洲就屬這種心態，他們很清楚把一週化約成兩個部分：工作與享樂。白天勤奮的工作，夜裡很悠閒；上班的時間忙碌，放假的時候，車子後頭懸掛著拖車屋、獨木舟，抑或單車趴趴走，這才是生活。

日休禪師的禪語一直被我珍惜，他說：很多人的一輩子只做過兩件事，一是等待，二是後悔。它彷彿醍醐灌頂一番，立即讓我靈台清明。很多事到了七十歲全懂了，想通了，會做了，肯定也只剩下後悔的份兒。

當我開始眼花撩亂，必須仰賴兩副眼鏡閱讀，體力大幅度下滑，專注的時間大不如前時，我便理解離視茫茫、髮蒼蒼之境愈來愈近了。稍一閃神，也許便會欲振乏力，浪漫這件事將日漸遠行。

七老八十再做？

那不是我的類型，什麼事都等老了再說，美好人生鐵定遲到。有些事未必年輕最好，但浪漫一事最好還是趁年輕，因為海德格爾說：「人是向死的存在。」我可不是把它當成格言來背誦，而是轉成行動實踐著。既然人一出生就往死亡通航，而且是減法，過一天少一天，這種邏輯本身就很苦了，我為何看不破。人生只此一次，是事實，不是謊言，何必以苦相逢。

黑夜原來就屬於星空的，不是工作的、金錢的，更不是白天的加長型。我把黑雙手奉還給自己，星月便自動闖進我的心靈之中，黑夜搖身一變代言了浪漫。

我編不出來什麼好理由為入夜不工作說項，那是很自然不過的事。累了就休，黑了就停，我白天像員工一樣，努力賺錢，為了讓黑夜活了起來，也努力使自己更有錢，這樣我便能更加浪漫。即使未必因而有錢，也有十足的理由，希望自己活出優雅。因為很多事不可以急於一時，一天就是一天，它有兩個段落，前一個段落是工作，下一個段落就是休息，它是為了迎接再下一個段落的工作，如此周而復始，方可來日方長。於是我替浪漫找著最美麗的說帖：它是讓每個人都有明天的美好手段。

這套魔法就在這本書中，值得忙碌不得空、努力不知閒、有錢忘了花的浪漫之人好好勤學，至少不要變成錢奴，何妨把錢取來奴一奴，歡喜的醉在風花雪月之中。

游乾桂寫於閒閒居

Part. 1

財富的浪漫定義

財富不屬於擁有它的人，它屬於懂得享用的人。

科學家富蘭克林的哲言動人心魄，他說：「財富不屬於擁有它的人，它屬於懂得享用的人。」

事實上，多數人依舊用盡心力的想擁有一切，只是我還是不能理解為什麼拚搏半生，擁有財富，卻抵死不花用？掠奪的財富，無暇派上用場，難道不是大悲嗎？這正是我們親眼目睹的慌忙社會的窘境，這一代明顯出現了兩種窮人：富窮人與窮窮人。富窮人，時光用罄精神窮；窮窮人，瞎忙一陣兩袖空。

窮？我們本來就是窮的，而且一生難富。這套由富人設計出來的經濟制度，多數人只是錢囚，努力替人辦事，勉強糊口，離真正的有錢還差得遠呢！可是人們彷彿全吃食迷幻藥、上了癮一般，一直以為有美夢成真的一天，相信只要努力就可以成就大富翁。這種機會不可說沒有，但機率不大，多數人只能平凡一生，安安穩穩度日子，如果未能理解自己原本就是窮人，便很容易因而失去焦距，活得驚慌失措。

我們都非富翁，至少這一刻正在閱覽我的書的人，九成以上都是屬於窮人

一族，我的建言就更似一針見血了。

先別急著懷疑，我是有證據的。

你有一棟房子嗎？

有的，而且豪華氣派。

還有貸款嗎？

有的，還有很多。這棟房子的所有權應該非你所有，至少一半屬於銀行。

貸款還清，大約幾歲了？

六、七十歲，或者更老。那你很可憐，這麼老才用力還完貸款，之後搖身一變就是老人了。這樣拚搏的人，到底幸福？不幸福？

以上三個問題全發生的人勢必屬於窮人，這種人在社會上占了九成以上，被一棟房子的貸款壓得氣喘噓噓的。

真的束手無措嗎？非也，如果貸款不是一千萬，也不是七百萬，不是五百萬，而是少少的一百萬，會不會好一點？理論上應該如是，欠得不多，鐵定還得不多，就不至於天天披星戴月，忙於加班、兼職，只為多賺一點錢，再把這些錢用來還債、醫病。

只借一百萬大約僅有兩種可能，一是很有錢，二是買小房子。貸款多，房子的尺寸就大，貸款少，尺寸肯定縮水，這道理我瞭若指掌。我的第一棟房子因而決定後者，壓力小，還債容易，不必忙得不可開交。雖說房子小一點，但五臟俱全，沒有什麼不便之處。

買小一點的房子，主因是沒有錢買大房子，我很清楚這件事。我非野心家，是個窮光蛋，阮囊羞澀，沒有幾個錢，識時務為俊傑。

我再問幾個問題——

你有好車？

沒有最好。如果你的車子性能卓越，價格嚇人，維修費用讓人淌血，就得再苦上三、五年，甚至更長。

你有名牌服飾？

沒有。很好，如果數量驚人，又得再苦三年。賺不了太多錢，又常花上一個月的薪水去買衣物，誰受得了。名牌有貴氣？那是商人欺騙俗人的話，我就完全看不出來這層道理，大約只能嗅聞出某個人自卑。自信的人穿什麼都好，氣質一事由書而生有道理一些，多閱讀的人，多少添得一點點神韻。

名牌與非名牌的衣服、鞋子，有時是同一家工廠製造，不貼商標的，只賣三百，貼上商標卻值三千，我不禁懷疑，我們是買鞋，還是買一個炫耀的符號？捫心自問，如果不是虛榮心，這些東西買得起嗎？如果買不起，何必硬著頭皮花錢購買，後患無窮讓自己一輩子水深火熱。

我再偷問最後一個問題，你可得好好想清楚——

你覺得還可以活多久？

不知道。漂亮，我也不知道。又不是大羅天仙，怎麼可能預知生死。可是我們卻不願意承認自己有多無知、有多無能，根本不可能了解未來，卻又一股腦兒的把人生交給未知的未來。現在呢？與我們最接近的地帶，卻被我們遺漏掉了。

我在安寧病房服務的醫生朋友，以他在醫院二十年當差的經驗，提點我們這群迷途的朋友：明日不可靠，因為相隔一天再去醫院，可能就有許多人不在人世了。他說：把握當下吧！

明天不可靠，今天最美妙。喲！我記起富蘭克林的叮囑了，能用的才是錢，不能用的，紙吧！

賺紙幹嘛？即使白花花的紙擁有很多，依舊不富，心靈非常貧瘠，費力取得的財富當成壁紙，實在很可悲。

窮人哲學家

美的事物，事實上未必非占為己有不可，純欣賞也是樂事。

開車返宜，下高速公路交流道時，不經意望見一棟貼著「售」的房子，孤獨佇立在田中央。曼妙的姿態深深吸引了我的目光，好奇心驅使，我從迴轉道折返回來，由省道彎進小路，沒有多久就抵達這棟占地千坪的農舍了。

荒煙蔓草之中不失華麗，建地有八、九十坪左右，二樓半的巴洛克式建築完工了百分之九十五，剩下一點小修繕。裝潢器材散落一地，彷彿是臨時收工，這更令我迷惑。

為何不完工？

打聽得知，這棟房子的主人是一位老校長，原想退休後用來安老；他親自督工、選材，在即將完工之際，卻撒手人寰。子孫不想背下龐大債務，決定變賣，委請房屋代銷公司銷售。

造訪時沒有人在場，我像個登徒子四處逛遊，發現這棟豪宅比外觀所見氣派，幾十棵大樹已可遮蔭。屋子的建材極佳，基座是大理石的，拱門造形，有一個露台可以登高眺遠。後有一方池子，種滿了荷與蓮，我去的當天正盛開著，紅的、紫的、藍的、黃的，相互爭艷。

這件事讓我想了極多，老校長的夢想終究成幻，沒有享受到一生努力的成果，化成泡影。這棟房子理應是他一生心願所繫，他設想周到的希望在此終老，於是前半生很努力，得到他想要的一切，蓄積能量準備享受他所得的。未料上半場用力過猛，以至於下半場無力了，終於放下，一無所有，留下空遺憾。

這棟房子真的美呆了，我喜歡得不得了，一股衝動催促著我買下來。但老校長的遺憾從另一頭如雲霧般輕輕升了起來，幽幽喟嘆：「不要跟我一樣。」

有人這麼說，這個世界沒有買不起的房子。是的，只要敢貸款，什麼也能買，但肯定活得不像人。利息迫人，可會逼得人喘不過氣來，或者累死人。望著豪宅，想著前車之鑑不遠，還要重蹈覆轍嗎？

美的事物，事實上未必非占為己有不可，純欣賞也是樂事。我早把不借逾一百萬當成座右銘，因為借錢要還，借愈多還愈久，還不起可能會還到死。

我與別人最大的不同在於我心知肚明自己很窮，不富有，沒有橫產，而且不會貿然做出很蠢的決定。窮人不該做富人的決定，並非表示我與富人的見解大不同，而是我了解，做錯了決定可是會遺憾一生的。

我的作風向來保守，因為我窮！以買房子為例，喜歡的與最後買賣的永遠截然不同；我喜歡的房子通常很美，可是一旦決定要買，就得量力而為。最後買下坪數小的、比較醜的一間，因為不想當屋奴，這樣就不會變成犁田的老水牛。

我的「階梯理論」適時喊停，即使爬不上一〇一高樓，爬爬新光三越也不錯，這樣才可來日方長。不要像有些人體力不行，心臟負荷不了，卻執意攀登高樓，半途不支倒地就不值得了。

能上到哪一層樓，自己最清楚，不借太多錢就不會慌了，把錢還清了，再想下一棟也無妨。而今我住的房子是平生第二棟，雖非豪宅，但也算花園小築，住得挺快意的。

窮人不做自己能力範圍外的事，這是我對自己信守的承諾。該買的就買，不

THANK YOU

該買的就省，我常因它而多出不少錢，可以做些有意義的事。有時候用它來旅行，有時候用它來助人，一年加總的善念總數也有幾萬元吧。

身為窮人，該爭仍然得爭，像我就會替自己爭取講師費。因為我比別人堅持，相信一位好的講師為了一場好的演講，不可能接下太多場次，這樣才有好品質。我更堅持要閱讀，不讀書就沒有新東西，重複年久失修的理論，無疑是騙子。可是這樣做也有風險，有些人會說你是愛錢的傢伙。

我常在演講時帶著書四處「法施」，有一點薄利，但那非重點，我更關心書給人的啟發。我費力的把書扛上飛機、高鐵，載往澎湖、金門、馬祖，甚至海外。不為帳面上的價格，而是價值，這是窮人的我常做的事。主辦單位不准帶書，我肯定不會受邀，這樣一來，我便得了怪人封號了。

不！我只爭屬於「對」的事，講師費給不給是主辦者的事，書准不准販售也是主辦者的事。但我有說「不」的權利，一切隨緣。

能夠如此，在於我無欲則剛，很有風骨，這是窮人的優勢之一囉，反正不富，再窮一點何妨！

我爭錢還有一套說詞，因為我明白錢在我手上添得魔法，有一部分會流向需要者的身上。

錢是由兩種元素堆疊而成的，有形與無形不可偏廢。有形指的是帳面上的數字，五百就是五百，一千就是一千，不會多也不會少；無形則無名無狀，幻化無窮，多是少，少可能是多。

帳面上我贏不了人，帳面下我可不輸人，價格沒有，價值極多。而且，我的錢都能用，它領著我遊山玩水，品茗喝茶，度假旅行，風花雪月，琴棋書畫一番，其樂無「窮」。

作者島田洋七筆下的《佐賀的超級阿嬤》就是一個惜窮的人，老奶奶一輩子都窮，從未富過，但很有傲骨，活得很開心，有了自己的一套哲學。老奶奶相信，窮還滿好的，至少不怕窮了。她反倒覺得富翁很可憐，沒錢不行，一旦窮了就活不下去了。

在我眼中，老奶奶是「窮人哲學家」，值得學習。

錢的歷史

溫柔的午後，微風從書房中拂了進來，把春飾得格外嬌媚。打開電腦，進入Google網站，用銀白色的鍵盤敲下「貨幣史起源」五個大字，眼前出現一大串資料，我挑選其中一項打開來閱覽。

根據考古出土的文物考證顯示，貨幣的起源至少已有四千年的歷史，從原始貝幣到布幣、刀幣、圜錢、蟻鼻錢，以及秦始皇統一中國之後流行的方孔錢，貨幣文化的發展可謂源遠而流長。

關於紙錢，最早的發現是在北宋時期的「交子」。它的出現算是貨幣史上的一大進步，最初是由商人自由發行，北宋初年，四川成都出現了專為攜帶巨款的商人經營現錢保管業務的「交子鋪戶」，這應該就是銀行了。

存款人把現金交付給鋪戶，鋪戶把存款人存放現金的數額臨時填寫在用楮紙製作的捲面上，再交還存款人。當存款人提取現金時，每貫付給鋪戶三十文錢的利息，大約百分之三的保管費。與現代銀行最大的不同是，存戶付保管費，而非銀行付利息。

這種臨時填寫存款金額的楮紙券便是所謂的「交子」，它是一種存款和取款的憑據，而非貨幣。隨著商品經濟的發展，交子的使用愈來愈廣，商人開始聯合成立專營發行和兌換的交子鋪，並在各地設交子分鋪。由於交子鋪有信用，隨到隨取，圖案講究，隱作記號，黑紅間錯，親筆押字，他人難以偽造，所以贏得很高信譽。

商人之間的大額交易，為了避免鑄幣搬運的麻煩，多半直接用隨時可變成現錢的交子來支付貨款。於是他們便開始印刷有統一面額和格式的交子，作為一種新的流通手段向市場發行。這種交子儼然是鑄幣的符號，真正成了紙幣。專家相信，紙幣的起源應該可以追溯到更早的漢武帝時代的「白鹿皮幣」，和唐代憲宗時的「飛錢」。這麼算來，紙鈔也有兩千年歷史了。

這段關於貨幣史的文字引發了我許多遐思，錢的歷史算是貨幣史？還是「禍幣史？我的意思是說，它是錢的歷史，還是災難的開始？根據我的理解，沒有貨幣時，人採用以貨易貨的方式進行交易，我養的豬換你家養的雞，他養的牛換別人家裡的蔬菜，別人家的魚換來我家的鴨……只要互相覺得公平就成了，皆大歡喜。沒有錢作為流通憑據的社會，反而有好處，少去積累，就沒有競爭，變得很平和。

金錢降臨，算是人類史上一個劃時代的改變，緊接著人的思惟也跟著改變，變得不單純。原來的錢只是便於交易、計算，哪知後來竟演化成積累、擁有、私藏，最後忘了生活的本質只是生活，卻學起了夸父，一輩子忙於追求財富，日以繼夜的奔馳，最後渴死。而原來渴切的寧靜、溫柔、美好、祥和的社會，卻擦身而過，失之交臂了。

錢是人創造出來的，我們是它的上帝，可是曾幾何時，錢卻成了人的上帝，奴隸人們。我們花掉了一天之中三分之二的時光，只為了求取更有錢，可是有了它之後，卻又忘了用。空度一生之人終究會發現，要的太多，用的不多，可是卻想得很多，永遠不滿足。直到有一天，病入膏肓時才覺醒，但為時卻晚矣。

錢不是一切，它只是通行證。還好，這套哲學我比別人早了很多年理解。

窮人不該做的五件事

理解窮人不該做的蠢事，
就該做些聰明有智慧的事。

窮富的辯證，我思慮再三，把它做了一個小小的歸納，大約釐清了窮人常犯的五種錯誤，並且找來了失意的見證人。

- 買豪宅。
- 愛名車。
- 迷名牌。
- 穿華服。
- 做自己做不來的事。

購買豪宅之後淪為悲慘一族的見證人，十根手指頭數都數不完，其中最經典

的有兩位：邁可與史蒂芬，堪稱「慘之楷模」。

邁可為了自以為是的需要，買了一間辦公大樓套房作為工作室，可惜離家很遠，開車要一小時，後來改用計程車代步，單單交通費就所費不貲了。又為了一個像樣的門面，吸引上門的客人，再花了一筆錢裝潢。他相信客戶見識了賞心悅目的排場，就會心甘情願的把錢掏了出來。

他的惡夢開始出現連環套，原本繳清房貸的住家，也因而被拖累了，再度取出權狀二胎貸。工作室與房貸交替付款，賺得力不從心，最後淪為卡奴。賤賣房子後終於止住了血，可是賠了夫人又折兵，早已心力交瘁，人生踉蹌了。

邁可的收入並不穩定，錢賺得不多，可是野心很大，夢想驚人，一直以為自己可以功成名就。理想未必全錯，但錯在缺乏按部就班的心境，以為一步可以登天，忘了可能因而摔得四腳朝天。

買錯房子，一生受苦。八字箴言銘記在心了。

史蒂芬曾經坐擁高薪，令人羨慕，他是科技新貴，現金股利滿滿。但這一波金融海嘯卻傷得很重，他自恃高薪，買豪宅、名貴跑車，根本不眨眼，大筆一揮就買，貸款逾二千萬元。最近他被凍結，留職停薪，缺了魔法當後盾，連貸款都繳得愁眉苦臉，煩得不得了，連連問我幾回，如何是好？

我有什麼辦法，只能建議他賣掉大房子，換棟小房子，結餘一點小錢明哲保身了。這項建議的確殘忍，很有可能賠盡他畢生積蓄，回歸一無所有，但卻是最保險的，可是來去一回終究是空，也算慘啦。

房子不是不該買，而是太貴的不能買，付不出貸款的不要買，根本不是自己的不可買。史蒂芬語氣悔恨的說，早知如此何必當初。

樓價至今屹立不搖，只要仔細算過便可得知，一千萬的貸款，月薪五萬的上班族用盡一生的上班時間，可能也繳付不了所有的借貸。因為一千萬不是一千萬，加上利息可能是兩個，或者三個一千萬。通達此理，我的頭皮就不免發麻起來了。

最可悲的是從事自己無能為力的、不合適的工作，以我為例，開餐廳不宜，肯定很慘。有一位與我個性相仿的朋友做過這種蠢事，他開了一家人文餐廳，生意興隆，可是一直入不敷出。究其因源自於這個人個性海派，不敢收友人的錢，於是友人大吃一頓，他請客；友人的友人來豪飲一回，還是他請客；友人的友人的友人等七等親來捧場，他依舊請客。不到半年，關門倒閉了。這種事如果是我來幹，下場應該雷同吧。

我也不能開民宿，友人風塵僕僕來探親順便睡上一晚，伸手向對方要錢我可下不了手。我有一位長輩開過民宿，看來也是風雨飄搖，雖然收費，他卻補請一頓中餐，怎麼都不划算，周六假日滿滿的客人，錢卻進不了門。

我終於理解，喜歡與合不合適不同，很多事情我喜歡，但不合適，只能當個獻策者，如同孔明只能輔佐阿斗，自己不當皇帝一般，各司其職，逾越就慘了。

證嚴上人說：「人生有兩件事不可太晚，一是行善，二是行孝。」如果有第三項的話，我猜或許是開悟吧。早早明白哪些事該做，哪些事不該做，就是福氣之人了，即使還窮，也將窮得有品味。

理解窮人不該做的蠢事，就該做些聰明有智慧的事。房子只是住的處所，車子只是用來代步，不必華宅，不必名車。我的好朋友說，最後一部車可以買好一點的、自己喜歡的。這點我可以同意，但「最後一部車」聽來就不怎麼舒服，彷彿買了它就準備壽終正寢似的。

還債？辛苦賺得的錢，我絕不容許花在債務上。家中開銷全依靠著它，而且千方百計才取得一點點，我必須用它來享受美好生活。

不花錢有時依舊可以取得浪漫，只要有空。比方說，躺在自家的陽台，在星月交輝中，讓微風細雨在臉頰拂掠，諦聽草蟲唧唧鳴唱，細數天上星斗。房子若非豪宅，就不必賺大錢、花大財，理論上，人人都有餘暇可以做自己以為浪漫的事了。

我可以證明一事：浪漫與財富無關，而是心境。

窮忙族

財富與歡樂是兩回事，
甚至有可能敵對。

日本詩人石川啄木在詩集《一握之砂》中有過這樣的迷惑：「再怎麼工作，不管再怎麼工作，生活還是不見得優渥。我凝望著自己的手。」

伙伴之中不乏這些富有的窮人，薪水發放不久，就身無分文了。他們並非低薪者，也未必揮金如土，可是不善理財往往使之走向絕境。他們向朋友借頭寸，卻無力償還，以至於翻臉，最後連朋友都躲著他們了。

窮忙有很多原因——

相信來生：明明只有一輩子，卻苦等輪迴，於是有了功德、陰德的觀念，努力拚搏彷彿是為了下輩子、下下輩子。拚了一生，勞頓一世，該有的卻沒有，不該有的擁有極多，卻從未享受過自己努力的所得。

歐洲人不信這一套，他們喜歡死後僅剩一塊錢，表示今生的一切都是自己能掌握的；給孩子釣竿就好，不必一直給魚，兒孫自有兒孫福。而我們的座右銘是：「恆產留子孫」，這麼一來，便注定一生漂泊搏鬥了。前者是樂，後者很苦。

不懂錢：金錢的本質是使用、交換與橋樑，不是存取；它是過程，不是結果，僅僅是媒介。

多數人以為錢愈多愈好，可是研究卻告訴我們，有錢人並不快樂，兩者很弔詭地牴觸著，意謂著財富與歡樂是兩回事，甚至有可能敵對。

錢非愈多愈好，恰當最宜，再多的錢不能花，就只是一組數字。因為忙，所以沒有辦法騰出空閒，把辛苦攢來的金錢有意義的使用，就非我所愛了。我真心希望認識幾個有錢沒空花的富翁，這樣一來，我就可以順理成章替他花用了。

名利心：《醉古堂劍掃》中有一句引人深思的話：「透得名利關，方得小休歇；透得生死關，方得大休歇。」

可是名利這件事能夠看透談何容易，生死看透更是大不易了。

很多人一生窮忙，只是為了留下個名號，對得起列祖列宗。可是有名這件事本來就很弔詭，到底要多少人認識才算有名，五百？一千？或者數十萬人？美名？或者惡名？蘇東坡早說過，古今英雄豪傑，如今安在哉？最後還是一坏黃土，灰飛煙滅了。

貪婪：過去指的「窮忙族」，是一群拚命揮汗工作，卻擺脫不了最低生活水準的人，而今窮忙一詞已從藍領階級擴大至白領了。很多人即使賺得不少，可是仍舊窮忙，成了社會新貧，名曰「富有的窮人」。

貪婪是這些人的致命傷，一直以為不夠、不能停、要很多，如此一來，就更沒有停下腳步的本錢了。

「屋奴」比比皆是，貪婪者是主因，要最好的，卻從未想過自己能力夠不夠。全身珠光寶氣，悉數是向銀行借貸來的，這就可悲，一生必定淒慘。

月薪三萬，花了三萬元買皮包，等同於花掉一個月的辛苦錢。如果經濟能力可以負荷，我便不反對了，但假設米缸已空，千金散盡，甚至動用信貸、現金卡的人，還在賣力花錢，不是痴，就是蠢了。

據說美國有三千七百萬的窮忙族，日本有五百五十萬，台灣應該也有上百萬

浪漫哲言

金錢只是人類設計出來的抽象快樂，只有那些不能再享受人生實質上快樂的人，才會全心全意的奉獻於金錢。　——叔本華

之譜，他們帶領社會進入了一個嶄新的新貧時代。

新貧？

但，它是經濟不景氣下的原罪，抑或是咎由自取的魔咒？

據說最討厭我的理論的人，就是這些窮忙族，他們覺得工作賺錢都來不及，哪來閒功夫享樂。可是我好想反問：不享樂，工作幹嘛？

哲學家叔本華說：「金錢只是人類設計出來的抽象快樂，只有那些不能再享受人生實質上快樂的人，才會全心全意的奉獻於金錢。」

只有一輩子

法國作家沃維納格在他的《格言集》上說：「生命苦短，所以不能阻斷享受生活的樂趣。」

我之所以不想跟別人一樣，賣力的賺著這一生可能用不著的錢，理由只有一個：我根本明白不可能活那麼久。有來會有去的，再多錢也無法贖回一條老命，我怕風燭殘年才明白這些。

彭祖，八百歲？

哎，自欺欺人的謊言。日本是長壽國家，也只能活八十多歲，我們以這個數字當依據，算一算可以活在世上的日子，就明白我們日以繼夜的工作賺錢有多愚蠢。

八十歲是八十個五十二週，一週有七天，一天二十四小時，以這個算式來乘，我們頂多活在世上七十多萬小時。如果你是人瑞，活了一百歲，大約的長度也只是一百個三百六十五又四分之一天，一百個五十二週，一百個一年，算一算應該也不會超過一百萬個小時。可是讀書、工作卻耗盡半生，仍得不到美好人生。長命百歲的，只有妖怪了。

日子過了，歲月流失，人也老了，我看見每一個人臉上露出來的後悔。我也老了，這是不得不承認的事實。以前從未理解，甚至以為不會變老，可是老了之後才驚覺不會再年輕了。不久前，爬了一座小山，即使有些難度，終究是小山，最後一段路，徒手登頂，六十度仰角，一百公尺高，奮力爬了上去，雙腿不聽使喚，猛烈顫抖著，整個人彷彿癱了，上氣接不了下氣，哎！不服老也難。

老了，讓我想得更多，也許再過幾年，連我最敬畏的山，也有腳去不得了。而今睡得早，早上起得早，一副老人家的模樣。

可是我們還是常聽見一些謬論，建議人們賺錢趁年輕，工作要及時，拚了命就對了。但努力一生的人，真是享福者嗎？俄國作家烏申斯基就說，「成功的選擇工作，而且灌注全部心力，那麼幸福就是你的了。」你信嗎？

彷彿，人生如果不勞動就會無所事事似的，可是努力的人未必得到最多，科技的文明也未必帶給人們更多的幸福。相反的，三十年代的貧窮人得到的幸福反而更多。

我們受了教育，卻只得了搶錢哲學，關於人生高度的事就拋諸腦後了。可是沒有一套優質的生活哲學，只會更容易把人們推向火坑，活得很不舒坦。這麼說來，我對愛迪生便有些怨言了。是他，的確是他把人的工作帶進加長型，讓黑夜成了白天的接續。可是這麼一來，人生就更短了，我們把上帝配給的工作時數早早用完，累了，煩了，苦了，憂鬱了，當然活不下去，浪漫不起來。

古人早提供了一套很理想的說詞，他們說：「日出而作，日落而息。」只是被我們棄之如敝屣的扔了。

這讓我想起自己的父親，他未入學，而我讀了很多書，日頭落下，他就返家休息，而我仍在忙著演講。可是最終我卻發現，這麼努力，根本未必贏過他。

理論上，我比他有錢，賺的速度比他快上一倍，可是買房的速度也沒有比他快。他未上過學，但智商未必比我低，有些見解，讓人敬佩，對社會的關心度、慈悲心，我則遠不如他。他不比我有錢，但比我富有。以前從未想過，而今開始懷疑，他有魔法嗎？非也，他只是比我們更了解人生苦短而已。

相信人生苦短的人，不愛思索過去，也不會耽溺未來，而是在乎現在。因為過去是過往，追憶無用，未來是未知，一片滄茫，試想，明天都猜不透，何況來年，只有現在符合現實。人生苦短，把握現在才是妙方。

日休禪師說：「我的一天是一生。」看來父親也是大禪師，他的一天似乎也是一生，而且活好每個當下。

不要只賺不花

人忙得如一頭沒有靈魂的牛，有何好處？

窮忙族最典型的化身大約就是一頭牛了，有人自比為「台灣之牛」？真是怪哉。

老家宜蘭鄉下成長的童年，讓我與牛相知甚深。牠是我的伙伴、朋友與腳力，同鄰居一起用草繩牽著，放牛吃草的歲月，而今依舊難忘。

牛的確辛苦，鼻子被穿上洞，套上草繩，關在牛欄，與糞為伍；工作起來無暝無日，直至太陽下山，氣喘噓噓才得以慢步回家。這種日以繼夜的工作，大約得忙上一季，方可騰出空來稍稍休息。

水牛的確是部古代好用的機器，沒有資格喊苦，隨傳隨到，只能聽主人的命令，一個口令一個動作，無法自己作主。有人鞭策，在大熱天之中揮汗淋漓的就是牛了。

人忙得如一頭沒有靈魂的牛，有何好處？這樣一來，不就沒有自己空閒的時間，即使有再多的錢，都令人覺得很可憐。

歌德的話很有意思，他說：「工作如果是一種樂趣，它就是天堂；如果是一種責任、義務，或者只為了錢，就是地獄。」

當牛肯定不會是一種樂趣，像牛一樣忙的人，應該不住天堂，而是地獄了。因為小時候家裡務農，養過雞、鴨、鵝、豬，隔壁張家養了一頭牛，讓我明白了一點牛事。總結發現，牠是可憐的，牛的一生除了工作之外還是工作，餘下來的時間就是吃草睡覺了。我曾在青草地上坐了下來仔細端詳過牛，發現老牛的眉宇之間透著難掩的哀愁，如果輪迴轉世，牛的第一志願該不會是繼續當牛吧，因為太苦了。

錢是賺來花的，這一點我完全明白，禁絕口腹之慾不是我的特質，我甚至很好吃，即時平時簡單飲食，但也未忌口，尤其出門演講客隨主便，歡喜就好，我常利用演講的方便門嚐盡美食。

浪漫哲言

工作如果是一種樂趣，它就是天堂，如果是一種責任、義務，或者只為了錢，就是地獄。

——歌德

我喜歡臭豆腐，但不算上癮，只是兒時的記憶流連在心忘不了。真正上了癮是在新店碧潭老街不小心撞見一攤臭豆腐，標榜中藥草浸泡，酥炸後香氣溢流，吃了口齒留香。之後返回宜蘭，到羅東演講，主辦者帶我去嚐鮮，再度邂逅，店名是「香廚臭豆腐」，作料正是以青草原汁浸泡發酵，切塊油炸後，口感外酥內嫩。也許是我孤陋寡聞，不知道這家店已有三十年歷史了，算是老店。

青草臭豆腐裡外皆不同，灰黑色是葉綠素浸泡後留下來的自然色澤，吃起來略帶甘苦。店家為了維持品質，炸臭豆腐的油一定每天更換，配上店家特製的醬料及微辣的泡菜，非常對味。香廚臭豆腐的電話是（〇三）九五一五五六四；地址為宜蘭縣羅東鎮北成路一段一二二號。

芝山岩牛肉麵店是我偶然邂逅的，有一回受邀至台北士林的雨聲國小演講，中午結束飢腸轆轆，車子一拐轉發現一家牛肉麵館，點了一碗自己無法下廚煮的牛肉麵裹腹，萬萬沒有料到居然上癮了，常趁演講之便吃上一碗。國外的友人來訪，我也帶他們嚐鮮，陸陸續續被我帶去的閒雜人等不下數十人，個個飽足，尤其湯頭，一滴不剩，真是人間美食。

店家的牛肉是用紅糟醃漬而成，經過時間燉煮，入口即化，滑溜入喉，稍一不慎，便化成滿足流溢在臉上。我每每次次回回，都是湯料見底，一物不留。這家店的裝潢很特別，骨董家具隨意一擺，高高低低，變化無窮，合適不太計較美感的人，可是東西就是好吃，難以抵擋。

牛肉麵配上酸菜大約是行家首選，每張桌上老闆都不吝嗇的擺上一大盒，一大匙的酸菜拌入麵湯中，囫圇吞棗，吃它一大碗，簡直對味極了。

這家店搬家了，現在的地址是士林大南路三二八號。

塞繆爾．約翰遜說得好：黃金可以換到天堂嗎？黃金可以免去臨終的時刻嗎？在生命之中，愛可以買到黃金嗎？友誼與快樂是買的嗎？如果不能，為何要花那麼多時間在這些廢物之上。

錢是賺來用的，這一點已經毫無疑義的鑲嵌在我心中，亙古不變了。

讓錢變神燈

只有沒呼吸的人才會死，有呼吸就有希望，
不會窮死人的，怕的是這發現往往太遲一些。

拜侖說：「手頭的錢是阿拉丁的神燈。」

錢是神燈？這麼神嗎？我聽過，可以花錢買得到的全是小事，買不到的才是大事一件，真的買也買不到，就大事不妙了。錢是萬能嗎？有時候它是無能的，用錢換命就難上加難了。

即使現在靈台清明，我也曾身陷迷霧森林之中，舉步維艱，走不出來，花了十多年才理清人生樣貌，驚覺美好就在燈火闌珊處，人生順位開始清晰辨明。

一般人都不明就裡的把錢擺在第一，彷彿被下了蠱一樣，依它前行。於是我們常聽說，沒有錢怎麼辦？賺不到怎麼活？窮到快死？可是最終仍會明白，只有

沒呼吸的人才會死，有呼吸就有希望，不會窮死人的，怕的是開悟太遲一些。

我曾以為錢是第一順位，而今它的地位稍降，排至第八、第九了。逐日竄上來的是生活品味，這些年來，我對它累積了一些心得，無論有錢沒錢，總想活得好過年。

我像傳道士一樣，四處傳播浪漫的信念，不管信的、不信的，同意的、不同意的，我都要說給他聽。一遍不成，就說兩遍，再不成，就寫成書，讓人天天閱讀，遲早有一天，讓他相信活得有品味很重要。

覺醒之日不算太晚，那一年，我，三十八歲了，之後開悟似的像個哲學家，費力思考人生問題。心想是否該一輩子為了一種被人稱之為錢的東西，過著披星戴月、無日無夜、心力交瘁的日子，更慘的是，沒有咖啡濃茶，張不了眼。

值？不值？兩件事開始在心中反覆交戰。

當年為了謀求更多待遇，我身兼數職，除了心理醫療工作之外，夜裡在報社上班，接通告上節目，往往到了車馬稀少的半夜才返家。家人睡了，孩子鼾聲震天，我只能湊過頭去甜甜一吻，用手比了比身軀，知道長大了，跟著滿足睡去。幾年後才赫然發現，記憶中的孩子是長度而非高度。

浪漫哲言

手頭的錢是阿拉丁的神燈。
——拜倫

我算努力的人，也有優雅品味，懂得星期假日停下腳步，陪陪孩子，即使如此，還是錯過了孩子的不少成長。幾年後，才驚覺以為參與很多孩子成長記憶的我，事實上並不太多，太太所列舉的事兒，我竟是一知半解，常常回以「是嗎？對嗎？你有沒有搞錯？」而真正搞錯的人多半是我。

即使這般奮勇向「錢」，仔細盤算開來，賺得還是不夠多，一間遮風避雨的小屋、一部小車。擁有一個足謂小康的家，竟已用去我的十二、三年，而這一輩子頂多再一個至一個半的十二、三年可以工作賺錢。也就是說，我的財富至多再增加一倍或者兩倍。但是隨著孩子的成長，消費日多，加加減減未必能存更多錢，到時候我卻已老了，人生終點的鈴聲緩緩響起，即將駛入終站。

推論果真屬實，人就太可憐了，原來努力一輩子，花盡所有的光陰，得到的代價真的不多。如果再不懂得惜福，得到想要的，卻無法享受，想必更慘。

我有一本「人生筆記本」，載明了這一生之中想去執行的幾件事，比方說，文人故居之旅、絲綢之路、單車環島、拜訪雲南、博物館之旅……琳瑯滿目，寫了一長串。如果按照當年的忙碌，不思改變，大約只能在夢中，或者花錢買些DVD觀賞，過過乾癮了。

錢的萬能與無能

錢有很多作用，它能買房子、付貸款、買車子、液晶電視、買手提電腦、看電影、買日常用品、旅行……只要你有白花花的銀子，看上眼了，付了錢，就屬於你的，誰說金錢不好用！

可是它也有做不來的，比方說：買不到健康、買不到快樂、買不到愛情、買不來親情，應該也買不到天堂吧！

看來錢是有兩面，有它的萬能與它的無能；有表面的，也有深層的意義；它是有形的，也是無形的。

我的一位友人是經濟學家，他曾引述普林斯頓大學經濟學家的觀念提醒我：

身價比錢更重要，人生的價格如果是三、五億，一生可以賺得的錢就只有三、五千萬。我原先不信，後來自己閱讀了一篇哈佛大學經濟學家的文章，也講述了相類似的觀念，仔細盤算一番也就信了。

這位專家把人生形容成一個生日蛋糕，錢只是人生蛋糕的一片，約莫八分之一；如果這個理論屬實，人們就只應該用八分之一的力量得到錢，再用錢去交換其中的八分之七。

在他的想法中，消費比收入重要太多了，那是人們存在的價值、生活的意義、人生的標的。

也許每位經濟學家論述的觀點各有差異，但多半都提醒我們，價格與價值的確不同，呼籲我們把努力賺得的價格，優雅的去換取更有價值之物。

「換」一詞很重要，因為錢只是用來換取人生中必要之物的代幣而已，換不到東西的錢，再多也是無用，它無疑只是一堆廢紙、一種數據，甚至只是一個錢坑罷了。

有人問過我，哪些人的錢屬於無用的？

我根本沒有想，就能答了：沒空的人、生病的人、快死的人、極度憂傷的人。

我常頑皮的想，如果遇上這些人，是否該告訴他們：把錢給我，因為我比你健康，比你有空，錢放我口袋比較恰當。

錢不在於多，而在於用，它像一條船，負責把我們載到一個叫做優勝美地的國度，這才是錢最完美的企圖。

沒有萬能者

> 我們真的很窮，有生之年能夠擁有的實在有限，
> 與其一直掙錢，不如花一點時間證明努力的代價，好好享受人生。

超人的定義是什麼？依據我的理解，應該是會飛與敢內褲外穿。可是那無疑是瘋子行徑，根本不是尋常凡人。

我做不來這些事，多數的人都很無能，也做不來，我們都非萬能者。不相信，我來證明。

研究指出，大學畢業的起薪兩萬四至兩萬六，研究所大約高了兩千元。那麼月薪五萬算高吧？不錯！那八萬多呢？非常不錯！算是尊貴的百萬年薪族。即使這麼高薪，努力工作二十五至三十年，事實上也沒有得到多少財富，可是卻得耗費一生。

我來教教乘法，請問一百乘以二十五是多少？

答案出來了，兩千五百。

那麼一百乘以三十呢？

答案是三千。

年薪百萬的高薪族，一生之中大約可以賺得兩千五百萬至三千萬元，可是我們也許都遺忘了，物慾橫流的台北城，一棟小小的房子，大約三十來坪，喊價一千多萬，信義計畫區內隨手一比，都是上億的。一輩子收入三千萬的人，購買一棟一千多萬的平房，基本上已算苦了，因為還有一大筆為數可觀的吃喝拉撒的錢得付。一千萬元如是貸款，付了二、三十年，大約連本帶利可得上看兩千萬，這是一筆龐大的數字，足以使人一生都充當奴役。

至於上億的？哎，少想為妙。即使最終還清債務，房子完全屬於自己的了，人卻也老了。

老了？

對的，多數人的第一桶金，大約要到三十歲，甚至更老一點方可賺得，甚至賺了很久得到的還不是金，而是破銅爛鐵。

六十歲退休，的確很老。工作三十年，沒有時間運動，睡眠不佳，胡亂飲食之人，鐵定垂垂老矣，還剩多少體力，可想而知。

以前常聽說：夢想有多大，舞台就有多大。而今想想，還有些心寒，太大了，會不會反而不太好？

辛苦一生，還不懂得享受，肯定很無言。如果還要找理由搪塞，與人爭辯不浪漫的理由，就純屬不智了。

我問過幾位剛剛退休的前輩，工作三十年得了什麼？

答案聽來驚悚——忙碌、疲憊、煩惱、痛苦、很想去死。

我的優雅生活之所以來得及，只因我比別人更早一步發現，並且承認自己很無能，無法擁有全世界，更不是天下無敵宇宙超級人。

夸父追日的富有之夢原來就是一場騙局，它是經濟理論家設計出來，欺瞞一些想錢想瘋了的人，它是圈套。事實上，我們一輩子都不太可能很有錢，頂多是比較不窮的小窮人而已。

無能者裝成萬能時，下場都不太好。我聽過這類的笑話：一個演講「成功術」的人自吹自擂，說聽完演講者，馬上就可以成為成功者，想要親臨風采、開

浪漫哲言

別一味貪錢，應該把生活當成蓬勃的事業看待，而且熱愛之。

——塞繆爾．約翰遜

釋得道的聽講者，付出昂貴的門票，一張一萬元。一萬名取經者，大排長龍，魚貫進場，演講者淨賺一億，你看多成功呀！一天就有一億了。據說這些自知上當受騙的人，後來全部當上騙子。

這使我想起一位英國作家塞繆爾．約翰遜的說法：「別一味貪錢，應該把生活當成蓬勃的事業看待，而且熱愛之。」

嗯！說得真好，與其一直掙錢，不如花一點時間證明努力的代價，好好享受人生。

Part.2

不花錢的優雅

多數的窮人都是自找的。他們未必是真的窮人，
可是卻被自己的價值觀弄窮了。

傾瀉而下的暴雨在三更半夜突然催逼得厲害，滴滴答答打在冷氣機上的白色浪板，發出清脆悅耳的音律，加上春天急於交配的青蛙，一夜嘶鳴，真是擾人清夢。時鐘指著五點二十分，乾脆醒來，坐在書房，望著窗外，思考人生。

我突兀的想及自己算不算貧窮？

理論上不算，該有的全有，不該有的沒有，想用錢的時候沒缺過錢，不想用的時候，沒有錢也無所謂。

我堪稱幸福之人，即便不在富人的行列之中，可是從未向人調過頭寸，即使我的好朋友詹益宏婦產醫院的院長詹醫師，在我買了新房子、舊房子尚未脫手、每個月得付五萬元貸款利息的困頓時期出手相救，準備了白花花的銀子，請我隨時去取，但勇氣、骨氣與志氣阻止了我的行動。朋友訝異我為何不去拿，只因為我覺得難關度得過。

我窮，可是窮得有格調，我不相信人生有過不了的難關，同時信守收入減去消費非正不可的哲學。這麼一來，我就必須學會不要亂花錢，心中彷彿有一

台電子計算機般，可以打點出一則對自己有利的正向方程式。

所謂沒有錢常常被誤解成歸零，事實上並非如此。沒有錢，指的是無法支配錢。如果我的解釋妥當，那麼我便想問，能支配多少錢才算有錢？一百、一千萬元，我沒有；但我有十萬、一萬、一千元的支配能力。

人生一世，除了買房子、車子之外，日常生活中，幾乎很少有一口氣得付出五萬元以上的機會，不是嗎？真要花一筆自己付不出來的大錢，我便有疑惑了：付不出來，為何還要硬著頭皮購買；不買，不就沒有負債了嗎？

以上是我的自問自答，也是我的生活觀、人生觀、價值觀。於是我開始多了一條自我允諾——不買買不起的。

富有與金錢未必有絕對的關係，談錢太過俗氣了，更多的時候是它散發出來的韻味。有些人物質富有，但精神貧乏；有些人則物質貧乏，但精神曼妙，看起來更像窮人的富翁。

多數的窮人都是自找的，他們未必是真的窮人，可是卻被自己的價值觀弄窮了；原本有些錢的，被一個貪字弄得失魂落魄，為了多賺一點錢，卻變得更窮，最後落得四處借貸，貧病一生。

胡亂花錢，該省不省，好吃懶做，善待自己卻忘了他人，錢用光了，伸手

再向人借貸索討。這樣的生活，只會使自己愈來愈掉入深淵之中而難以自拔。

我怕不知足的人，我也怕好高騖遠的人，我更怕那些眼中只有大錢、沒有小錢觀念的人，這些人一窮起來，可是連格調也全毀了。

窮人未必沒錢，而是不喜歡小錢，事少錢多離家近，出入計程車代步，太累的工作不做，太忙的工作不做，太操的工作不做，非失業不可。

窮人未必人人都很可憐，只要覺得自己不可憐，就很有格調了。

我認識一個不算有錢的人，可是卻懂得積少成多，能賺錢的工作都做。他有一輛小貨車，替人搬家，由於服務態度佳，生意一直不錯；他很會省錢，因為他說賺不了大錢的人，一定得會省小錢，很多小錢合起來也算活得稱心如意。他常去爬山、溯溪、泡溫泉、冒險、攀岩，從不說自己窮，而且會想辦法，不會想得到平白的資助；他付出勞力，得到酬償，人窮志不窮。

像他這樣不算有錢的人，反而更樂於助人，即使金額不大，但心很大，我從他身上學到了很多生活哲學。

我們也許並非有錢人，但可以試著演個富有之人。亨利與艾伯特斯點出價值的另一面，他們說——

我愛你：值八七三萬元。

愛閱讀：值二八七萬元。

請假旅行：值二九一萬元。

工作有趣：值二百萬元。

這些我都有，看來沒錢也無所謂，我很富有的。

無形財富

用心體會人生裡的抑揚頓挫、起承轉合，
再把風花雪月裝進行囊中帶回，分門別類，予以典藏。

我讀過一則無名氏的忠言：「奢侈無度的人，終必不能養活自己。」人生的挫敗，有時並非沒有財富，而是太在乎財富，把錢的位置放得太高，以為沒它不可。

我們處在一個以錢計數的世界，沒有錢真的不成。但那單指的是有形的一面，無形之處更有妙意。

無財之富？我所指的是那些有形財富之外的一切，不必用量來計價，也非錢的帳面上數字，無形無狀，卻很管用。

經濟學家提點我們，人的一生之中最尊貴的叫做「身價」，而它是由你我自己去創造的，你覺得自己值多少，它就值多少。有形的財富，不應該定位一個人的價值，它頂多叫喚「價格」。「價值」是一種內涵，我先前說過，一生之中能賺取三千萬的人並不多，可是經濟學家卻相信人的身價根本就值兩億四千萬，其中的兩億一千萬元，當是屬於無形的價值了。這些年來，我不再耽溺於有形的、用工作得來的三千萬了，而是隨時準備賺取無形的兩億一千萬元。

有形的錢，是通往無形的優勝美地的浪漫通行證。錢不是萬能，沒有錢萬萬不能，但有了錢不懂得用就是無能。

我懂一點點數學，在課本中見過一種圖形，最大值並非是給最努力的人，它在中間，一個起伏的驛站，課本中給它一個名詞，叫做「高峰期」。什麼事都有高峰期，付出不多、但所得回饋最大的聚落。

經濟學家所謂的「高原」，當是這一點，它除了財富之外，必定包括生活質感。這非一個埋頭苦幹、累到半死的人所能擁有的。

佇足於我身旁的人，隱約可以區分出兩種：有錢的、沒錢的，賺得多的、賺得少的，薪水高的與低的。直覺發現，那些收入較佳者，並未活得較好，頂多比我更常使用名牌包、流行服飾，出入高檔餐廳而已，真正的質感卻談不上。那些

稱不上富有的人，甚至有點窮的，反而活得優雅。前者散發出來的是闊氣，有形的財富；後者則是雅氣，屬於無形的財富。

富者是價格取向的人，窮者則是價值取向。我算後者吧，明白什麼是無形財富，錢只是生活媒介，經由它抵達了目的地，再把它交給了一種叫做心的東西。我用心體會人生裡的抑揚頓挫、起承轉合，再把風花雪月裝進行囊中帶回，分門別類，予以典藏。

拚搏一生，倘若僅得身價的八分之一，到底是值，還是不值？剩下的八分之七為何如海市蜃樓，可望而不可及呢？

擅長書法的朋友送來一副對聯，說它很合適我，打開一瞧：

吃喝玩樂，少不得。

風花雪月，不離手。

橫批框上金邊，寫著：浪漫最宜。

我會心一笑，果真是老友，說出我的寫照，把心境寫得淋漓盡致。

有形的財富已然固定，難以更動，多少財富在入行後便有了初步決定；如果是公務人員，大約就如同孫悟空離不開如來佛的手掌心了，除非橫財從天而降，否則難矣。天上掉下來的禮物，我是不信的，以前有一位立委相信，後來他鄭重其事開了記者會否定、不信了，再之後，應該就沒有人相信了。

無形的財富多的是，無名無狀，自己創造，想要多少就有多少。我忙於掠奪，即使一個小小的窗台，修飾一番，添得一點美，也就妙趣橫生。據說美是很值錢的，一美抵萬金，你瞧售屋人員鼓著三寸不爛之舌，說著靠山面河、臨湖近海、偷綠有藍的房子是如何風水寶地，房價因而貴了好幾成，就可想而知了。餐廳也是如此，窗前有著優雅風景，一客餐就平白貴了百元，用膳時望見眼前瀑布飛落，彷彿銀河落九天，味道別具，也是得付費的。原來美是可以賣錢的。

我在書房前的小窗台上種了一些樹與四季瓜果，小黃瓜沿著樹纏繞而上，四處游走攀附，開出了黃花，結成小黃瓜，蝴蝶因而來了，鳥兒也到了，窗前好不熱鬧。這些無形的財富，買都買不到，可是我要到了。

屋頂花園裡有一棵鳥兒私自替我種下的巨大桑椹樹，結果累累，鄰居心生覬覦，常常帶著兒女摘食來吃。它成了最浪漫的交誼地帶，我們坐在樹下漂流木製成的桌子上，隨意閒聊，吃得滿口紫雲。

訂個鳥窩如何？這個建議不惡，我花了一點時間，繪了藍圖，執行計畫，訂製兩個窩。鳥真的來了，而且築了巢，生了小孩，成了屋頂上美麗的勝景。

閱讀也是無形財富，當很多講師標榜自己如何厲害，一年可以接下三百多場演講時，我除了心生仰慕之外，不便置喙。我可不想同流合污，堅持一個好講師必須花更多時間充實自我，養成日日閱讀的習慣。我是對的，當聽者告訴我聽講後的感動，我便明白努力是有代價的。

我早非講師與作者了，而是布施優質理念的苦行僧。

活好每個當下

若二十歲可以做好二十歲的事，三十歲過好三十歲的人生，便可魚在水中，鳥在青天了。

莎士比亞在他的劇集中寫下一段話：「人的一生的確太短了，如果渾渾噩噩的過日子又嫌太長了。」

以前很難深刻體會這句話的意旨，隨著年紀增長，與智慧接上了軌，漸漸理出語意中的理路。從未覺得自己會老的我，開始明白老之將至，正如躂躂的馬蹄聲奔馳而來，不得不服老，很多事情漸次做不來了。

兒子的籃球是我啟蒙的，從運球、投籃技巧，以至於一些花式招術。國中之前，籃球場上我作主，我們約好六球決勝負，我讓他五球，過沒多久減為三球；到了國二、國三，就已力不從心，他一個轉身，換手運球，上籃得分。高中時，球場由他作主，決定蓋我幾個火鍋，原先我可以做得來的動作，全部做不來了，跳不高、投不準，只好棄械投降。

他的羽球也是我啟蒙的，即使動作有些錯誤，基本功不夠紮實，可是我依舊是恩師。我們從原先我強他弱，到如今他強我弱，代表了成長。目前是學校校隊的他，根本只是陪老公子打球，我無力從他手中領到太多分數。

這就是人生，江山代有才人出。原來歲月真的不饒人，一個來去，可能就是五年、十年。年輕時，十年不算太長，變化不大；年老時可就長了，變化極大。

朋友問我如何劃分人生？《放手，就有桃花源》（時報出版）一書中，我有過這樣的說法：人是透過讀書，找著工作，為了過美好生活。更明確的說法是：

二十歲，讀書人。

三十歲，工作者。

四十歲，生活家。

五十歲，休閒族。

六十歲，優雅之人。

七十歲，什麼也別想，從心所欲不逾矩。

浪漫哲言

人的一生的確太短了，如果渾渾噩噩的過日子又嫌太長了。

——莎士比亞

「活好每一個當下」成了我的座右銘，如果二十歲的人可以做好二十歲的事，三十歲者過好三十歲的人生，便可魚在水中，鳥在青天了。

四十歲，八十歲的一半，除了工作賺錢之外，理應替生活著想，不必一味的只有工作。時間在我眼中黑白分明，白天屬於工作的，忙碌的，賺錢的，有些銅臭味；黑夜則是放空的，私屬的，個人的，有些風花雪月的青草味。我還算夠聰明，沒有老人痴呆症，暫時不會搞錯。

五十歲之後，身心靈指數全數下滑，不可能再度回復年輕。這一刻應該練習放空，重新分配光陰歲月，給工作的時間該減，私屬的該多。有形的財富，不應再是生命的全部，它是部分，而且是小部分。五十歲不可能再賺一個世界，財富是迷障，唯有節省才是正途。

很多朋友以為我開悟了，事實上非也，我只是「順應自然」，盡量做好該年紀能做的決定。

體力有限是學習西方心理學的人、或是被尊為專家者不該或忘的叮囑，但人非超人，難以樣樣會，什麼都能。我有能的，也有更多不能的。我是過動兒，依舊發現早已時不我予了，太多事做不來，勉強為之，只得一個累字了得。

一天工作四小時算是人的極限了，可是這類的話講給現代人聽，不氣死人才怪。他們足足做了十至十二小時，是正常值的兩至三倍，體能不透支才怪。身旁滿布喝咖啡提神、飲蠻牛助威、用牙籤撐著眼皮的人，想必當是過累所致吧。

一天運動一小時以上的我，仍敵不過歲月催人老，皺紋在臉上劃出一條深深的痕跡，我很難想像，坐在辦公室裡完全不運動的人如何應對老化。

有錢真好，有閒更好，漸次老化的人，不該只是一味的想錢，而是活好每一個當下，讓人生充滿韻味。

一元的妙用

一元之內，
藏著最美麗的寶貝。

孔子在《論語．憲問篇》中提到：「貧而無怨難，富而無驕易。」貧窮是人的逆境，任誰都不喜歡，但是服窮與享受貧窮則是學問了，只有樂天知命的顏回才做得到。

凡夫俗子難以攀達的理由其實不難理解，他們以為要有大錢才會有大用。事實上，一元也很管用的。帳面上的一元小於十元，十元小於百元、千元、萬元，可是實際上，一元的妙用也許更大過千百萬元。

莎士比亞在《約翰王》裡有一句對白：「因為貪心不足的緣故，反而失去原有的技能。」

人生一直由正負兩面糾纏，貪心的人也許可以得到錢，可是未必擁有高尚的生活質感。一元在帳面的金額是少的，甚至不值得一提。可是一元若能維生，人生也就不苦了。我們不必花更多時間去賺取用不著的百元、千元、萬元，就可以分配多餘的時間做自己。

一元不嫌少，它有累積的機會；表面上一元的確不多，但是實質上可獲得豐富的經驗與閱歷。一元之內，藏著最美麗的寶貝。

有一個人與我分享其中蘊涵之理，他說，剛出社會時對於薪水從不苛求，覺得能有事做就好了。因為如此，所以機會特別多，他挑了一個自己喜歡的工作，抱著學習的心態，從中得到了再多錢也買不來的經驗。因為好學，又很勤奮，別人不做他都撿起來做，資深的員工便樂意教之，專業能力累積一甲子。

如果在乎錢，就會失去機會，不在乎反而得到更多。原來一元只是起點，不是終點。

波厄爾士說：「金錢是個很好的僕人，卻是一個很壞的主人。」重點是你當它是主人，還是僕人？

武打巨星李連杰有一個很有意思的基金會叫「壹基金」，取自一元的概念。

浪漫哲言

因為貪心不足的緣故，反而失去原有的技能。

——莎士比亞

他說只要給他一塊錢，六十多億人口就有六十多億元，就能為需要者做很多事了。

有位美國老人常常散步撿零錢，他把撿拾得來的錢放在一處，最後居然拾著了大約台幣上百萬元，多數是一角、一元美金。老人家悉數捐了出去，成了拾錢好人。

一元還真不少，加起來會很多，而且信仰者不只一位。

我的朋友小王奉行一元之理，家中有一個大存錢桶，取名「一寶盒」。買菜剩下的零錢，全往裡擲，一年半載，便取了出來數一數，有時竟可累積出八千、一萬元的，甚或更多。他非刻意的，只是一種習慣，把有用的東西集合起來，用在刀口上。

他常出國旅行，八千元遊峇里島，六千元玩桂林，一萬元拜訪吳哥窟。怎麼辦到的？令人好奇不已。其實妙法無它，就是選擇淡季。

他的衣服不多，名牌更少，理由很有趣，房子不是買來給衣服住的，屬於衣服的櫃子只有一處，再多沒了。他的房子不大，但看來很空，只因雜物不多。他的哲學引動啟思，於是我對房子有了另解，原來坪數該以使用的空間來決定——

有人買了五十坪的房子，實際上堪用的只有十五坪；有人的權狀坪數只有三十坪，可用的卻有二十三坪。看來大非大，小非小了。

衣服是買來穿的，不是用來炫耀，少買了，可以用的錢就變多了。

朋友問他：「怎麼又有錢出國旅行了。」

他答得妙：「查查你家的衣櫃就明白了。」

友人未必有很多一萬元，但有很多一元，而且把它集合起來，一個堆疊一個，竟然因而添得了魔法。他不是有錢人，卻很富有，這個說法有趣極了，值得我在夜裡入夢時想它一番。

有錢？富有？有差嗎？

應該有差吧！

浪漫哲言

金錢是個很好的僕人，卻是一個很壞的主人。

——波厄爾士

沒錢的優雅

最近幾年，我的個人化美宅陸陸續續進行一些營造工程，總有人帶著狐疑的眼光，語帶迷惑問我：「錢從哪裡來？」「沒錢，怎麼浪漫？」「你一定收入豐富？」

這些話語在我聽來，只是在替自己的不浪漫、甚至有點爛的生活開罪。首先，這些事未必與錢有關，其次，講這些話的人未必比我窮，可是他們並未好好善用得之不易的財富，以至於散失浪漫的機緣了。

錢在衣櫃。友人問我錢從哪裡來時，我想起了提供我衣櫃思考的友人，借用他的話，我提點他們，錢在衣櫃裡。這當是玩笑之語，卻也是事實。我要求他們把衣櫃裡的衣服分成兩組：有穿與沒穿，再把沒有穿過的細分成會穿與死也不會穿的。不會穿的屬於浪費，合計就是一筆財富，這些錢如果另有用途，不就是妙用了。

衣服也未必完全不可以買，只要有穿就行，買了不穿形同浪費。如果是富有之人，決定五年、十年來個大換血，把舊衣清出，換成新裳，我也不敢反對，畢竟這種決定比光買不穿來得好多了。

假使把不必買的衣服全都省了下來，盤點交集，應該就是一筆另有它用的錢了。這只是錢的乾坤大挪移，何干錢之有與沒有呢？

錢在貪念之中。我犯過這種毛病，看上喜歡的美物，舉足不前，一直杵在原地，只為一個叫做慾望的東西。真的一不小心衝動購買了，又不知道該擺置何處？對家有何意義？小錢還好，如是大錢，還會很嘔，一舉三失。

比方說，檯燈早燈滿為患，可是閒晃精品店，遇見造型優雅之物，仍會忍不住動心，錢自動溜出袋口，彷彿罹患燈癌，不好好治療，一定人財兩失。

當我的貪念慢慢減弱，愛燈癖也就不藥而癒了。

我喜歡木製小椅子，一買好多把，直到挨罵。這種毛病是會犯癮的，還好及時改正，否則千金散盡還不來呢！

這些錢全回收了，我就多出一點點支配權，可以造個浪漫了。

浪漫有時候與錢無關，它非有錢人的專利，只要有一顆心，便可以執行許多可能。我常到社區的資源回收處撿拾一些別人不用、但我有用的廢棄品，作為打造屋頂花園的器材。也許未必很美，但極為管用，心再加巧手，造出來的景未必不美。

回收場成了窮人的天堂，這些原本得花錢購買的物品，被我省了下來，成了造家基金。

富者的噩夢

乍看之下，有錢者是贏家，
實際上卻是輸家。

古希臘時代的哲學家德謨克利特寫過這樣的詞句：「如果對財富的慾望沒有節制，將使人變得比窮更難堪，因為最強烈的慾望將產生最難為的需要。」我的身旁就有類似的實例。

老友傑森是一家企業的負責人，朋友圈裡的阿舍，出了名的。平常吝嗇的他對同好卻很慷慨，常約大家小聚一番，談談夢想。他的房子寬敞，容納一家四口綽綽有餘，可是依舊嫌小，花了大把銀子換屋，位居高級地段，飯店式的管理，門禁森嚴。每回拜訪他家都很不自在，如臨大敵，他常笑我見不了大場面。說的也是，演講的大場面我還真不怕，但這種排場會望而卻步，很不舒坦。

有一天，我接到了一通急急如律令的電話，心中浮掠不祥之兆，果不出其然，傑森病了，而且不輕。

我與一群玩樂之友相約探病，那一天，急風驟雨，拂得樹木嘎嘎作響。進了病房，我很驚訝，眼前這個瘦骨嶙峋的老傢伙就是傑森！怎麼一點也不像，身體乾枯，下巴凹陷，生龍活虎全不見了。

他看見我來探視，勉強起身，用手勾了勾，請我過去。我忍住傷悲，半開玩笑：「有何教誨？」他一臉頹喪，好不容易擠出了一句話：「錢是身外物，有就快花。」這句話不小心撞著了每個去探視他的老朋友。我出了病房，一路苦思，錢換不了命，有那麼多錢幹嘛？回到家，我振筆急書寫下四句感懷：

忙中空度日，
閒裡有太虛。
人生自來去，
生死兩瀟灑。

另一位擁有千坪華廈的朋友老麥，用貸款購得豪宅，請來越傭看管，他則努力找錢還債。傭人的生活反而優雅：做完早餐，送走了主人一家人，開始蒔花弄

浪漫哲言

如果對財富的慾望沒有節制，將使人變得比窮更難堪，因為最強烈的慾望將產生最難為的需要。——德謨克利特

草，戲狗餵魚，午後小憩，傍晚游泳，準備晚餐，接小主人回家，天天開懷。

這棟豪宅所費不貲，至少得再償還二十年。可是人生有多少個二十年，四個就是八十歲了，老友已逾五十歲，頂多再一個吧。看他頭髮如雪，開始替他擔心了。我甚至發現他對房子是陌生的，很少使用花園泳池等優雅空間，享受者卻是傭人，花園散步的是他，泳池慢游的也是他，別墅裡睡覺的依舊是他。可是為貸款操煩的，卻是白髮蒼蒼的主人。

兩個例子讓我感慨萬千。多數人與他們雷同，為了一棟遮風避雨的房子，費盡千辛萬苦，得到了，人也老了，未必享受得到。乍看之下，有錢者是贏家，實際上卻是輸家。老字一到，很多事是做不來的，壞處便顯而易見的暴露出來。

比方說，體能的恢復時間變長，復原很慢。我就是如此，這可能從遠行歸來體會得到，即使一趟浪漫的旅程、快意的風情，也得花上更多時日才能回復體力。我已無法想像，出國回來隔日就能下場打球是何年何月的事了，而今的我，老邁當前，一趟旅程之後，沒有三兩天進場檢修，好好休息，可是難以回復生龍活虎的。

嗜睡。以前的我，即使不午休，眼睛也能雪亮。而今常感疲累，坐在沙發，沒有五分鐘就沉沉睡了起來，馬上見到周公。

體力不濟。如果不喝提神飲料，大約撐不到九、十點，眼皮就沉重起來，瞌頭如搗蒜，不睡都難。

注意力不能集中。閱讀這件事一直是我的最愛，而今已不得不放下。書買的量也比以前少了很多，一來是書滿為患，二來是老眼昏花。我已無法集中所有心力在一本書上逾一、兩小時了，閱讀變得慢與吃力，取捨勢在必行。

年輕時，根本不知老是何物，而今隨著歲月推移，老這個字愈來愈像朋友，鑲嵌在心。老是事實，而且只會愈來愈老，不可能年輕。那就只能服老，不要一味替錢活著，那太辛苦了。

知足常樂

> 得失永遠在同一處，得了愈多財富，
> 失去愈多健康，或者時間。

知足常樂或許是真的，至少我遇見的快樂者，都很知足。

奇哥董事長陶傳正的專訪中，有一段話深深吸引著我：只要有十五萬元，他就覺得幸福了。

這是個很有意思的想法，值得想想。我的身價比陶爸低很多，亦無橫產，沒有田地，十萬元的支配權算是合理，有了它，我也心滿意足了。

一百萬元、一千萬元未必人人皆有，十萬元就沒那麼難，再不，一萬元也成。

英國作家狄更斯在他的《老古玩店》一書中說到：「一個知足的人，生活才會美滿。」

我早早確定自己不是有錢的人，而且仔細算過，以目前的收入，如果沒有天上掉下來的禮物，一不小心被我接個正著，鐵定難以成為腰纏萬貫的暴發戶。我早死了這條心了，座右銘是——適可而止，量力而為，來日方長。

房子被我定義成一生的住宅，就只一輩子，不算太長，可以住就好。屋也許不大，但品味俱足，貸款買華屋不是我的性格，不容許自己在這方面冒險。因為我深知，一旦貸款千萬，連本帶利攤還，一個月可得繳出七、八萬元之譜呢！加上生活開銷，十萬元的債務纏身，這一筆數字任誰都明白真可謂龐大，至少對一個小康之家來說，算是有壓力的支出。

即使初時不困難，可是長長久久的繳付，就不是什麼好事。我一想及此就喘不過氣來，心臟不堪負荷。我用根基不錯的數學算過，七、八萬一個月，一年就得付出一百萬，二十年不是兩千萬，也得一千五百萬元以上，真是嚇人。

如此想來，不知足還真不行。

知足常常被誤以為是怠惰，其實這兩碼子事一點也不相關，它更接近明白、頓悟、了然等等意思。我比他人更明白一點，一生之中，必要的真的不多，頂多是柴米油鹽醬醋茶而已，這些都溫飽了，肚子也不餓了。剩下來的，大約就是想

浪漫哲言

一個知足的人，生活才會美滿。
——狄更斯

要的，它是慾望，會花掉更多的時間謀求，一來一往得不償失。得失永遠在同一處，得了財富，失去健康，或者時間。沒有時間就不可能浪漫優雅的享受努力得來的財富了，兩相加減乘除，未必是贏家。

人非機器，當是常識；我閱讀了許多研究報告，知道人的體力非比超人，不可能一天二十四小時都在工作，即使十二小時、八小時也都被高估了。我們僅有少少四至六小時精力充沛的時光，必須善用，否則提早透支，便報廢了。

一天工作六小時，因而擁有的財富才是真實的，否則就屬空中樓閣，更像一筆數字了。有了錢，沒有體力去花，應該很嘔吧。我懂一點經濟學，了解什麼是損益平衡點，它的高點其實是在中點，而非終點，耗時費力的工作，不符合好機器理論。

生活絕對不該是一個走向厭倦的歷程，如果不節制工作量，不管束翻騰的貪心與野心，遲早會因而不快樂的。

日以繼夜工作，不是騙人，就是無知。只有適當的休息，才能復原體力、復活生命，明天會更好。有些似是而非的理論，我是無力反對的，比方說，愈努力愈有錢。乍看之下無誤，但是代價未免太大了點，如果因而病了，殘了，死了，不是很不值得嗎？

知足並非什麼都不幹，坐吃山空，而是明白自己的能力所在，享受份內的幸福。例如，明明只能賺進五萬元的人，天天想著如何得到十萬元的高收入，除非工作量多出一倍、辛苦多了一倍之外，絕無可能。這樣一來，痛苦就多了兩倍，否則不可能收入高人一等。我寧可接受事實，學學顏回，人也不堪其憂，我卻不改其樂。

知足的人懂得賺進屬於自己的那一份，我的才是我的，你的就還你了，屬於他人的，不要也罷，至於要付出生命代價的，恐怕沒幾人想要吧。我把省下來的時間，用在山水之間，因而有了不凡的體驗，我的人生乍看是捨，其實是得。「夠了，夠了。」慢慢成了我的口頭禪。

這句話教會我踩下煞車，從名利坑洞的陷阱中爬了出來，白天工作，夜裡休息，觀星攬月，當是浪漫。

人生，除了工作賺錢，還有很多事情想做，一直賺錢，恐怕就沒有什麼時間了。電影《練習曲》中有一句尋常的話，對我依舊震撼：「有些事現在不做，以後就做不了了。」

萬事閒中過

悠閒看似容易，其實很難，
它不給未準備的人。

清朝文人張潮是古時休閒派的宗師，常有奇言，他的《浮生六記》宛如雪中送炭，送來一帖清涼，令人開悟：「月下聽，旨趣益遠，月下舞劍，肝膽益真，月下論詩，風緻益幽，月下對美人，情意宜篤。」

這些月下事，你經驗幾回了？

忙，讓我們遺漏了太多星星、月亮、太陽的事。

錢賺不贏人家，事實上也非一無是處，至少添得了閒。休閒的意義十足，它至少可以讓明天有了接續，後天能更賣力工作著。

這就是為什麼一年三百六十五天，我只工作了一百二十天左右，休息三分之二的原因了。不休，老不休，戀戀老驥伏兮，志在千馬，大約不死也殘。今日事，今日就斃了，還有什麼願景可言。我一再提醒自己，除了工作之外，還有很多事兒想做，工作只是我通往爬山、溯溪、打球的橋段。重點不是錢，而是如何利用這些得之不易的錢來過生活。我再說一次：我要奴錢，不想變錢奴。

為什麼要閒，還有一些理由。

一來，我賺不了全世界，不想賠上一條小命，閒來可度餘年。

二來，閒是忙的修練，忙是閒的復出，忙時要閒，閒後再忙，如同白天與黑夜的關係。一直忙的人會忙出病來，忙得要命。閒可以讓一天以來緊繃的神經得到了復甦，體力重振旗鼓，隔日再來。

三來，閒可以使心情安適，啜飲一杯咖啡，在風中享受努力所得來的代價，這樣的忙才值得，否則只是一部好用的機器。

閒不是偷懶，而是復活，這是我最深的體悟。忙世人之所閒，閒世人之所忙的生活，讓我活力不減。一直沒有告老還鄉的念頭，原因就出在我把體能照顧得很妥適，何時該做，何時該休，自有一套律令。我更相信，即使再努力，也不可能擁有全天下的，頂多弱水三千，取其一瓢飲。

悠閒看似容易，其實很難，它不給未準備的人。我的一位移民台東的好友，變賣台北的家當，舉家演出「東遊記」，可是沒一年便又如候鳥飛了回來。他說，台東太無聊了，過不習慣，寂寞難耐，實在過不下去，有點生不如死……

但這類的鬼話卻如同攝魂術一樣，攝住很多人的心靈。我這才明白，原來餘暇生活不是人人能過的，非得有一番武藝不成——

具備蒔花弄草的本事：沒有這種本事，住到東部，大約就是分明找死了。除非還有正職，比方說當老師，白天工作，夜裡休息，應該還好過，如已退休，就得有找閒的本事了。

殘存一點體力：沒體力可不行，占地千坪的農舍，光是拔草就有得忙的，更不用說澆水、施肥了。萬一想經營民宿，那得非常有體力，還得非常有興趣，否則一年就足以把人累癱了。

保留一點好奇心：閒的一層隱而不彰的意義就是探索，沒有好奇心是不成的。很多美好的事物依舊保留在山林原野，需要一股衝動，帶著好奇心去探秘。報紙登載過一位八十多歲的老攝影家，六十多歲才學習攝影，專門拍攝鳥類，而且很有成果。記者問他如何學攝影，老人家的答案迷人：「好奇呀！」

找回興趣：興趣是每個人的天賦人權，與生俱來就有的，美好的優閒生活，最好從興趣出發。喜歡山的，再度接近山林，喜歡河的近河，喜歡海的去看海，用少少的錢換取大大的風花雪月。

我的興趣廣泛，優雅生活不愁沒有活兒打發時間。我可以聽音樂、看書、種菜、打球與撿拾漂流木，甚至要溯溪、爬山、泡溫泉，我只怕時間不夠用，不怕沒事可做。

優雅生活，人人嚮往，終究會開悟。真是如此，我寧可早一點點，不要後悔莫及。

不准錯過的事

我曾在筆記本上寫下自己不准錯過的事，現在看來仍舊滿有意思的。

拜訪文人的家：例如魯迅、巴金、紀曉嵐、曹雪芹、蕭紅、林語堂等等，我寫了二十多位，而後一一拜訪，美夢成了真。

另外還有學潛水、登高山、去溯溪、常浮潛、泡野溪……

記者朋友與我討論簡單生活指的是什麼，我笑稱絕非俠客生活，或者空無哲學。這是實話，有些人以為簡單、簡樸等於一無所有，等於喝西北風，等於什麼都不計較，我的就是你的，你的還是你的，沒有錢也可以行俠仗義，其實真的非也。

簡單源自於我本明白人生不長，所要的真的不必多，不想用盡全部的心力去做一件事，而失去更多美好，所以要求自己在工作這件事上的所得可以簡單一些。但它不是沒有，我至少會替家人準備妥當柴米油鹽醬醋茶，那是責任與義務，不可推卸。除此之外，我希望有更多的自我時間，當個圓夢人。

我非聰明絕頂之人，不可能不經努力就領先群倫。某個人一天花六小時，一個月賺三萬，而某一個人也許有能力用同樣的時間賺得了七萬、十萬，但以兩個才華能力都相同的人來說，關鍵大約就是所付出的時間了。比別人多賺一倍，勢必得花加倍的時間，若是如此，值得嗎？

試想一個把光陰用盡，沒有時間的人，怎能奢望美好未來，這種人在我心目中永遠是最蠢的笨傢伙。沒有錢還可以活了下來，可是沒有命、沒有空，就注定難活或者活不成了，不是嗎？

我名列執著，有一些牛性，很賣力的，而且不達目的絕不終止，但不包括賺得全世界。

人生在我看來是不停轉彎的歷程，什麼都有可能，什麼都不奇怪，想通了只是心態問題。我不是不想賣力工作，而是還有很多不想錯過的事正等著。

浪漫要及時

浪漫別再等老了再說、賺夠了再說、孩子大一點再說，這種說法只會落得後悔莫及。

老了再浪漫，並非不可以，但總是晚了些。人生是一條單行道，有去無回，至少我已發現，很多以前想做的事，某些原因未做，而今就遲了些，如作曲、跳舞、跳水等等。看來有些事得等來生，但而今還做得來的，我便不想再耽擱了。

作家騷斯說：「閒暇的時光是快樂的時光。」

我因而長期思考這件事——我有過多少餘閒時光，而閒暇時光是否真的是快樂時光？我觀察過自己在打球時的美好心境，真的遠勝過工作。

歐洲人普遍懂得這些道理，他們把工作與休閒分得極清楚，時而分開，時而揉合。工作是為了得到更多可支配的錢，但有了錢之後則要享受生活，於是他們會付出一筆辛苦得來的財富，遠渡重洋到一座小島度假；願意花掉一部分積蓄，到東方的峇里島度過半個月的魯賓遜生活。我們往往因為錢而舉足不前，把這類的支出當做浪費，不敢嘗試一年一度的浪漫。

我們如此執著於工作，並未使生活品質更好、收入更豐，相反的，兩者皆更糟。工作只是使人更加接近奴隸，替一個叫做主人的傢伙拚命幹活，但銀子全落入對方的口袋中，我們只分得一小撮。

道理並不深奧，多數人能懂，但長期以來的習慣、根深柢固的觀念，讓人無力反叛。有些人是生了大病後覺醒，有些人則因為老了，更多的人是執迷不悟。

培根說：「當太陽沈落時，星星就閃光了。」

經驗我有，而且不必花太多錢就可以撞見了。傍晚時分，我開著車前往東北角的龍峒岬，坐在海石平台上聽濤，望著潮起潮落，帆影點點，鷗鳥低迴，當太陽下山，星星真的就發亮了。

桃花、梅花、杏花、櫻花皆我所愛，北宜公路有幾處山櫻花秘境，開時甚美，落下亦美。桐花是五月雪，櫻花就是二月雪了，屋頂花園植上幾株，花況不佳，但意境美，值得忙裡偷閒得浪漫。

浪漫哲言

閒暇的時光是快樂的時光。

——騷斯

河是老友，我從小在此嬉遊、游泳、摸蜆、釣魚，溯溪於是成了最愛，忙累了，有點煩，朋友一邀，便上山閒行了。趁著老化已至，尚未擴及全身之際，還有一點力，好好的演一個水中老蛟龍。

閱讀是我的最愛之一，但已慢慢戒掉大量採購的習慣，原因之一並非缺錢，而是老化，眼睛早不聽使喚了。於是費力找出長滿書蟲、牽著蜘蛛網的老書籍，載往我熟識的茉莉二手書店變現，換了購書券，貼了一點錢，購買自己喜歡的書。這麼一來，我既有了新書可看，花的錢也不算太多，至少我是付得起的。比起以往動輒八千、一萬的購書費，可是省多了。

以上所舉的例子，幾乎等同於不花錢的浪漫。

樣樣不花錢絕非常態，有些浪漫還是得花一點錢的，比方說，買一輛腳踏車。據說功能完整、可以騎上山路的，大約要價一萬五千元左右，算是一筆不小的開銷。我用它騎在河濱公園的單車道上，騎上貓空，騎在木柵街頭，如果因而換得了健康，也算值得吧！

優質音響可是夢想已久的事，我喜歡音樂、愛唱歌，太爛的音質受不了。除非不買，要不，就得買足以一生典藏的，如果因而珍惜之，反而是最省的方式。

家是避風港，將它打扮成美美的樣貌，也是理所當然。除了上班、上課、演講、旅行之外，我有很多時間在家，尤其改變了工作型態之後，時間更多，常常耽溺在書房裡，理論上有權給自己一個好的人文環境。事實上它的確是我的生產線，產值愈好，對家的貢獻愈大，花一點錢裝潢，讓家更為賞心悅目，添得一點浪漫，極為合理，我便因而大興土木了。因為浪漫非及時不可，不是嗎？

別再說「等老了再說」、「賺夠了再說」、「孩子大一點再說」，這種說法只會落得後悔莫及。

Part.3

創意生活家

一個溫馨優美的家，就像荒漠中的甘泉，
湧出寧謐與慰藉，洗心滌慮，怡情悅性。

作家蘭尼說：「一個溫馨優美的家，就像荒漠中的甘泉，湧出寧謐與慰藉，洗心滌慮，怡情悅性。」

夜深人靜，我常會不由自主的盤算起虛實人生。無論如何，我仍然認為家是人生的核心，花在其中的心力、物力最多，至少百分之七十以上得來的錢都是花在家與家人身上，其它的便不多了。可是多數人卻遺漏家的營造，這就不禁令人起疑：努力何用？

家被排除在外，那麼所有的努力不就成了一種謊言了？

我對家的定義與蘭尼相同，以為它有兩項深意功能：一是港灣，二是花園；前者用來靠泊，後者用來休憩。

工作一事其實極苦，而且很多人都超時工作，為了一口飯，彷彿不這麼做也不行。但辛苦的代價是什麼？

累了，煩了，壓力來了，當是必然。家是後盾，替辛苦的人打上一劑強心針、安慰劑，透過夜裡把累積的苦澀排解乾淨，讓明兒個又很明亮的重新出發。這才是家，它是指引海上漂盪小船的燈塔、靠泊的港口。

朋友卻告訴我：家是擂台，每人都有一副拳擊套。這句戲言聽了令人心驚，如果家是拳擊場，家人不就是敵人或者仇人了，如何能安心休憩，會不會回到了家，人人都膽戰心驚。

原來以為他在說笑，怎料竟是真話。他與太太像室友，起身問好，回家問安，講不到五分鐘，大約是吃飯了嗎、該睡了、明天叫女兒起床；家裡的開銷一人一半，包括報紙，各付五元。

他以「跟我住的那個人」稱呼配偶，我一度以為他們不是戀愛結婚的，否則怎會如是。

他形容自己的家就更妙了——天字一號垃圾場。散置的衣物、隨意扔下的鞋子、躺在沙發上的襪子、未拆封的信件四處流竄；女兒的尿布長出了蛆，竟然未清理；昨夜的菜未移入冰箱，如果是七月盛夏，早已餿掉了；臥室像狗窩，其臭難聞。在他的形容之中，這個家的惡行簡直罄竹難書了。

朋友提供了範例，讓人們對工作、錢、家等等有了新的連結。如果當靠岸的家不具意義，那麼努力一事只讓人更像奴役而已，根本顯現不出讀書與工作的價值。

一天之中，我們可是有十二小時以上處於家中，把它營造成一處賞心悅目的浪漫居所，為何不做？

美可以教的，至少我以為如是。旅行澳洲，遊覽車停了下來，我們在海邊岩岸佇足。同一時間，老師帶著一群小朋友來此上自然教學課，他們聚精會神凝望天際翱翔的海鷗突然從天而降，入水、叼魚、出水、飛掠，一氣呵成，真是美極了。

哲學家所言，人生的兩堂大課，一是自己，二是大自然。其中的大地之課在此顯露無遺，它是課本無所書寫的，可是在上帝的牽引之下，我們又理解極深，最後用之於生活。

我坦承自己的生活智慧、人生學問、土地關懷，絕大多數來自於和大自然的接觸，以及父親的身教。

父親喜歡敲敲打打，很多生活用品都是自己取自竹子，削皮、陰乾，製成籃子、籠子等成品。這些年來才發現喜歡自己動手做，幾乎與父親如出一轍。

很多外國友人都說，家該自己造。以前無法理解的，現在全理解了；因為它是一個人一生之中最重要的依靠，花了最多心思，最該美化之地。至少，它早成了我努力工作賺錢的理由了。

原木的想望

住在木造的房子裡，
就好比穿上純棉的衣服。

加拿大籍的「餿水達人」劉力學老師說過一句寓意深遠的話：「家應該自己造，建商不懂我們，只有自己理解家的真正樣式。」

這句話猶如暮鼓晨鐘強力的扣擊我的心靈，家該自己造？怎麼造？劉力學是實踐者，他花了心思親手打造一個家，很有個人風格，一棟從無到有的臨海別墅就此誕生。據說影響者是他父親，一個帶他進到森林，走一段長長的路，覓得好木材，千辛萬苦拉回家造了一棟屋的長者。

我也有類似的經驗，親眼看過老家的土角厝，由一群鄰家的叔叔伯伯與父親，一起用稻草、牛糞、黏土等等攪和而成，花了很長一段時間，一面牆接著一面牆砌了起來，最後成了一棟可以棲身的家。猶如神蹟，令我敬佩萬分。我內心早埋伏了大丈夫當如是也的氣魄，可是最終還是未能如願，依舊花了錢，在都市的一角，買了一棟叫做公寓的產品。

我付出頭期款，簽了賣身契，合約中言明二十年。一切就緒，銀行把錢撥了進來，我便進駐了。從來沒有想過，二十年是我一輩子努力工作三十年的三分之二，也就是說，這則條款綁架了我的青春歲月，逼著我把辛苦所得撥出其中的一定比例交給銀行，並且不得有怨，包括不得毀約，否則會被告上法院，貼上封條，擇日拍賣。

家像垃圾場的確尷尬，事實上我也曾有過這樣的經驗；因為東西多，屋子小，於是隨意亂置，久而久之藏污納垢，家便不成家了。而今住的是我的第二棟房子，依舊無法自己買地建屋，不過已經痛改前非，未再犯了過去的錯，用盡巧思裝潢布置，很像安樂窩了。

花錢在很多人的念頭裡等同於有錢，但我不只是肯花錢，更懂得小心翼翼的使用，當用則用，不當用會省。我從馬路消息中得知，自己上網找資料，心中先有藍圖，找人施工，自己監工，會是最省的方式。

這一刻，劉力學的話語從心中竄了出來，言猶在耳。「自己房子自己蓋」一語像播放器一樣在腦海中旋繞，心裡想即使不是自己蓋的房子，至少裝潢設計也可以有自己的品味。何況友人已有這樣的經驗，他告訴我將最大的一筆錢花在設計費與工人的工資是很不值得的，窮人得有窮人的辦法。

窮人？我的確是窮人，至少不富有，友人的建議一針見血敲中心坎。如果因為自己的參與可以省下不少錢，爾後把這樣的經驗書寫下來告訴讀者，倒也是功德無量。友人告訴我，裝潢費最大的兩筆，一在設計師，他的經驗發現，除了公定的設計費之外，還有物料的抽成，也就是報價與實際價格的差異，或說是回扣、抽成吧。這筆龐大黑洞，以我的收入是無力負荷的。

工人是另一筆龐大支出，設計師報價單中，工人一天三千五百元，一次來了三個，這個陣仗若不是有錢人，將成為不可承受之重！工期三十天到六十天，我得準備白花花的銀子三十萬至六十萬元，以此預算，兩百萬元也不夠花用。

黑箱作業的疑慮使人添了害怕，我決定自己探險。剛巧友人在「木工場」訂了一批原木書架與音響櫃，打算安裝在客廳，讓原本已是雅緻的家更加唯美。聽了我好生歡喜，問了電話，就直接找上門了。

原木的理念向來是我的堅持，這一類的建材歷久彌新，而且會不停釋放天然精油（芬多精），有益身心健康。木建築在專家的眼中叫做「會呼吸的有機體」，住在木造的房子裡，就好比穿上純棉的衣服，對使用者來說，比較健康。研究指出，居住環境的溫度，也會影響人體健康，相較於混凝土及鋼骨，木材的導熱性低、隔熱性佳，冬暖夏涼，非常舒適。它還有吸濕和脫濕的功能，有助於室內保持穩定的相對濕度。

我幾乎不費吹灰之力，就可以在網路上找齊許多關於木建築的好處，許多天然木材（檜木、杉木、樟樹、側柏和花旗松）所含的精油成分，對過敏症狀有改善之功。肖楠、檜木木質堅硬，具有豐富芬多精，耐朽力高、不易腐蝕及不怕蛀蟲侵蝕，是建築、裝潢材料最有益之寶物。

所謂的芬多精又叫植物精氣，由植物的葉、幹、花所散發，是防止細菌侵入、自內部散發出來的自衛香氣。主要成分是一種不飽和的碳水化合物，自古以來即是民間消毒殺菌、恢復疲勞、刺激自律神經、安定情緒的自然法。芬多精完全天然，可以促進人體健康，提高疾病抵抗力，沒有一絲副作用，味香溫和，足以使人心情愉悅。

木建築令人印象深刻，有一回，馬來西亞的友人來訪，我當導遊一同拜訪瑞芳的太子賓館，入內後迎面而來的便是一股檜木的清香，忍不住多吸幾口。這棟房子的建材皆為上等檜木，不用鐵釘，全部以榫頭銜接。園中遍植奇花異草，閒散其中，頗有味道。

太子賓館給我的原木想望起了推波助瀾之功。原木？家人有些遲疑，但經我耐心解釋，瓶頸破除，疑惑便解。原本以為很貴的木料，實際施作之後卻是高貴不貴，我省去工人費與設計費，更神的是，因而學會了一點粗淺的設計，至少能把想法表達給設計師明白，就這樣，家就添得我的構思了。

充當設計師好處不少，某些潛能竟因而被開發出來。我從來不敢想像會是個好的設計者，可以把家設計得很有個人的味道，但是這一次給我莫大的鼓勵，也給兒女很大的信心。大人的想法永遠是制式的，老朽的，不符合時代潮流的，孩子的意見最是中肯，果真添了他們的想法，味道便鮮活起來。尤其在木製品上鑲嵌燒製的磁磚，更添了個人風格，每一張桌子、椅子，以至於床鋪，都有各自的屬性，曼妙極了。

兒子的房間設計添了夾層，彷彿閣樓，原先的用意旨在遮樑，未料出現了意想不到的效果，添得想像空間。兒子命名為「小木屋」，是他的民宿，住一夜得付三百元，即使付錢者是我也不打折。有一回，我說要借住，他馬上伸出手來言明三百元，當是玩笑，可見他對此房的滿意度了。

女兒既羨慕又嫉妒，我只能口是心非的安慰她，與眾不同才是美房，沒有自己的味道了，風格盡失，算啥！

依照常理，我的偏見，以為五十萬元才夠用，結果只花了一半多一些。即使這並非一筆小數目，但是一旦決定施工，錢就不該是重點了。我不可能一直裝潢，下一次也許是十年後的事，我必須保證，十年不後悔，如果因而多了三、五萬元的預算，也是值得的。

我的用錢方式家人一直有意見，但事後全證明「大哥永遠是對的」，我只是把錢花在刀口上，讓美這件事更有穿透力。

夢想「家」

為何要花錢改造一個家？

友人提出這類的問題時，我每每都顯得有氣無力，心想這是什麼問題呀！美化家庭還有疑問嗎？

可是我也犯了錯，人家就是不明就裡才會提問的，如果懶得說明，真理不就是石沉大海了。於是我想說一說。

我這樣反問友人：一輩子生活最久的地方在哪裡？家。他答得倒很乾脆。

花最多錢的呢？

家。他二話不說，語氣肯定，非常懇切。

一生之中，家占了三分之二的時間逗留，有人選擇住在福德坑垃圾堆中，我則希望自己住進羅浮宮裡。忙了一天了，我再不想天天與醜為伍。美是想望，人不該在此有異心，那是我們努力之後的反饋。

一棟千萬元計的房子，尋常人都得花上三十年的時間來償還貸款，這個人可能還要有固定收入，雙薪家庭，沒有不良嗜好，錢未移做它用，當個守財奴，否則會更慘。如果是貸款很多、利息高者，一千萬元得付出兩千萬元的贖金，方可留住小房，這麼說來，的確是千金散盡還不來。

經我分析，朋友馬上懂了，他說：「我是奴僕。」

是的，一般來說，我們為了一個叫家的地方，從事的的確是富有者的奴隸。很多人的頸項都被繫上一套無形的、圓弧狀的繩鍊，安裝電子監控器，定期被釋放出來打工，把錢上繳。有點怨言的，從中取得一點點盈頭小利，等待一種覺醒的歷程。醒得早的，人生佳一點；醒得晚的、或者不省人事的，人生就很灰暗了。

我算醒得早一點，強力抗拒，抵死不從，所以讓人生起了新的樣貌。首先，我不為五斗米折腰，白天工作，夜來復活，隔天再戰。其次，我懂得把錢花在刀口，不是我的不買，買不起的不買，買了之後還不起的不買，這是我的三不政策。

我家的貸款絕不可以離開我的勢力範圍太遠，一百萬貸款生出的利息還能應付得了，再高就像財奴了。

就因為我在家待很久，花它很多錢，所以才要很浪漫。我不希望忙碌換得的一棟棲息處像足了狗窩、豬窩，希望有朝一日它能改頭換面，成為風情萬種的浪漫旅店。

臥房的遐思

臨睡前的小小閱讀是我一天之中最奢靡的獨處，專注，沉思，閱讀，忽而覺得與天地合一，真是恩賜。

史托德在他的《漂亮過一生》書中提到：「獨處的時間是一生之中最大的浪漫。」

獨處之中最浪漫的場域當屬臥室了，一天二十四小時中，凡人都得靜靜躺在其中八小時。除非失眠，或者睡眠品質極差，再不就一定是超人，否則臥室是必要的。

據說放眼社會，只剩三種人了：一是咖啡人，沒有它眼睛睜不開；二是蠻牛人，不喝它根本沒眼睛；三是牙籤人，沒有它撐住眼皮，張都張不開。

我聽得呵呵大笑，簡直傳神極了。這也是我所見著的多數人，而且比比皆

是，散聚在我身旁方圓一里地之內，看來真是可憐。

偷偷告訴讀者，睡眠是醫學界公認最好的藥，不用錢的。

睡眠不足，我很容易想到幾個理由——

太晚睡了。這點如果自己不改變，我也沒有辦法。晚上還喝刺激性飲料，比方說茶、咖啡、酒等等，鐵定睡不好。

煩惱太多了。除了找上一位好的除煩大師，對症下藥，否則更慘。比方說，欠錢的人應該先明白錢是怎麼欠下來的，可不可以撙節開銷、量入為出、減少消費？否則肯定睡不著。

缺乏運動。除非我有神鞭，遠遠的、沒有阻隔、能夠隔空發力就把一個懶人抽醒，否則只能好自為之了。但我知道，運動是治療失眠最好的處方之一，保持天天運動的人，幾乎不會失眠的，可以試一試。

在原本用來睡覺的臥室內安放電視是最蠢的作法之一，劣質的電視節目、穿腦而過的電磁波，說不影響睡眠品質當是謊言。把電視趕出房門，就能收到不錯的效果。

以往我也是一位睡眠品質不佳者，很多原因雜陳，後來我一一趕走它們，包

浪漫哲言

獨處的時間是一生之中最大的浪漫。

——史托德

括晚上喝茶的習慣，戒了，過午喝咖啡也不允許，晚上的工作少接為妙，即使因而少賺很多錢也在所不惜。再來，就是運動了。

倒是音響還沒有完全趕出房門，新世紀音樂緩緩流淌，將自己帶入似夢非夢的妙境，最後沉沉睡去。

專家說，臥室像朋友，一輩子耽溺。床就屬必要的要求，他主張睡好床，挑好枕頭。這是我以往疏忽的，為了省錢，幾乎完全遺忘了床的需求，省下平常浪費的錢，早就足夠買一座名貴的床墊了。

浪費？不浪費？

開始浮掠出不同的聲音。需要的，買了，再貴也是不浪費；不需要的，買了，再便宜也是很浪費。這樣的定調，有助於我的抉擇，不至於一再三心二意、舉棋不定了。我很奢華的買了一塊海綿床墊，柔軟富彈性，睡在其上，彷彿徜徉在海洋中，沉沉的很好入睡，連夢都有海的味道。

但它也非百利無一害，而今出門在外，對床竟有了挑剔，老家睡不慣，哎！連旅館的床也不太滿意了，很難入眠。我考慮要不要出門時加掛一組貨櫃，把床墊放進來。

枕頭影響很大，高低有關係，軟硬有差別。事實上我不完全明白真正的關鍵是什麼，只是總有一些習慣性，我家的記憶枕令我好眠，可是老家的硬板枕頭，我就輾轉反側了。床墊未攜帶上路，倒是枕頭，早陪我四處旅行了，包括去演講。

臥室也是我的另一間「閱讀房」。這種習慣其實不太好，不值得鼓勵，可是我已習慣睡前閱讀了，一本書翻了幾頁，沉沉入睡，成了無可救藥的奢侈。於是替自己的床頭加裝了書櫃，橫陳一些新買的、輕鬆可讀、沒有壓力的書。為了不使眼力減退得厲害，我把床頭的燈改成可調式的，閱讀時燈亮些，睡眠時化暗。鐵弗尼軟玻璃碎花把燈點綴得美美的，花了一千元，即使不用來閱讀，單純觀賞也極為雅緻。

經我一說，睡覺還是得花一些錢，它屬必要，非花不可。如果這些全是臥室的必要裝備，花多花少都是花，那麼品質就很重要了，宜優先考慮。

詩人雷納馬利亞雷克覺得「獨處」有魔法，可以消除一天的折磨。臨睡前的小小閱讀大約也是我一天之中最奢靡的獨處，專注，沉思，閱讀，忽而覺得與天地合一，真是恩賜。

門的幻想

門，讓家有裡外之分，
動靜之別，出外之間更有彈性。

作家道格拉斯的形容很傳神：「很多人成家後，他們的配偶卻發現，是在替朋友們開一間酒飯館。」

我家長期以來受媒體的青睞，早已有些公私不分，家與辦公室難辨，即使家中不像酒樓，大約也接近茶樓了，常常有人來品茗清談。

我忽略家人的感受有段時日，覺得那只是小人之見，很不營養，甚至以為有那麼難嗎？雖說我在採訪上做了改善，婉拒一些不必要的專訪，如此一來，媒體的朋友的確少來了一些，但在家人看來仍舊只是換湯不換藥。其實真正的原由是想不出好辦法，工作的必要與家人的隱私未有平衡點，一直到門的概念出現，才有了轉機。

門，讓家有裡外之分，動靜之別，出外之間更有彈性。的確如家人所言，浴室內可以不穿衣服，浴室外可以嗎？這種比方實在有些不倫不類，卻一針見血。有了門就添得隱私，如果門設計得好，甚或添得美感，優雅加分，有何不可！我花時間參觀設計展，發覺門的確有想像空間。

靜極思動是一般凡人常犯的毛病，我也不例外，開始蠢蠢欲動，想替住了十年、逐日老化的家改頭換面，於是提出了一個名曰「五年一萬」的計畫。顧名思義，每年提撥省下來的一萬元，做為簡易修繕費用，上網查資料，找一家最可靠的裝潢者，幫家拉皮回春。我一廂情願，認為五年後有五處地方換了新妝，而且只花五萬。起初有些痴人作夢，對於自己的異想天開，家人完全嗤之以鼻，但是試了幾回，打探了幾個地方，與多位有名望的設計者聊過，發現可能付諸實現。

我想，屬於客廳與臥室連通的地帶如果加裝一扇門，裡外有別，便有韻味了。記者來採訪時，即使家中有人，也不至於被打擾。這個構想出自於內人。

我與傳說不同，並非好好先生，老是扮演潑冷水者，這個構思於是被擱置了很久。一直到了遇上「木工場」的毛小姐，原本以為純屬胡思的構想，居然被大大讚賞，而且答應設計，收費合理。

她自稱是「門專家」，很有研究，一眼就窺知我們該用何種設計了。我有點半信半疑，即使她費力解釋，我依舊似懂非懂，畢竟與我原先的想法有些出入。但設計者胸有成竹，由不得我懷疑。原木設計的門終於出爐，添了陶瓷拉把，採用毛玻璃設計，霧中帶明，增了隱私感，風華別具，我自是滿意極了。

我的花錢觀念常會引發家庭革命，被視為怪人，全家口徑一致的發出聯合宣言，說我腦筋不清，智商出了問題。他們發現我的症狀之一是，便宜的會說貴，貴的說很便宜，思緒很零亂。比方說，無論是二千、五千的手機，我一律喊貴，經常哇哇大叫，面露凶光，很嚇人。但是去旅行動輒花費五萬、十萬，卻說值得。家人嘟囔著要我掛精神科的號。

我喜歡原木設計，家人說貴，我直呼便宜，他們便更加錯愕了。其實我的想法倒非極端，原木耐用，歷久彌新，三、五年正露光華，不會後悔的。

這扇門施工迄今多年，真是丈母娘看女婿，愈看愈滿意；原本還有些稜角、粗獷，而今激光散盡，餘韻猶存。不知是有意、還是無心，我常常刻意的把門開開關關、關關開開，輕輕撫摸著光華的身軀，在木頭的紋理上游走。

這是我的第一個一萬計畫，花了錢得了好心境呀！

門的設計引動了許多遐思，我打定主意動用第二個一萬預備金，改造主臥室房門，至少在舊房上添了一點新氣息，在舊曆年前夕動工，準備迎接新年。

莎士比亞說：「以行踐言，以言符行。」我用心做的，大約如是而已。

藝文走廊

畫多數是有意境的，
它藏著動人的故事。

我在不只一本書上提過我家的走廊掛滿旅行征途買回來的油畫、水彩畫，被我戲稱為「藝文走廊」。

我所收藏的畫，很美，但向來不貴，便宜者一千元左右，貴的大約三千元吧。最大一幅彷彿一座幽靜森林，再貴了一點點，買價一萬元，這大約是我買得起最貴的名畫了。

其中有兩幅畫，彷彿暮鼓晨鐘一般，是我的座右銘。

活靈活現的金絲猴，購自上海。當年黃河氾濫成災，電視強力播送滾滾洪流的畫面，河水有如萬馬奔騰一般由上而下流竄，家畜淪為波臣，人們流離失所。

就在這個時候，一批藝文人士挺身而出，為災民募款，上海一批老畫家為了盡心力，在著名的豫園開起了大愛畫展，把義賣所得悉數捐出。我與友人造訪時正巧遇上拍賣尾聲，我一進門，目光就被畫中鮮活躍動的猴子吸引著，佇立不動欣賞良久。畫者是一位近九旬老翁，緩緩走了過來，與我閒聊，一小時後他突然拉大嗓門：「我們聊很久囉！你買它嗎？」

我被突然一問，不知如何接腔，尷尬應對：「好、好、好！」這幅畫於是成了我的珍藏。

臨走時，老人家走了過來：「明年還來嗎？」

我幽默以對：「明年黃河還這麼氾濫嗎？」

兩人相視大笑，我便一腳跨離這座林園。隔年我真的如約而來，豫園真的還有義賣，可是老人家卻已駕鶴西歸了，這件事讓我撞見了無常人生。

隔了一段很長時間，經過反芻，我寫下〈無常〉一文，心中添得感觸，心想從今以後，決定活在當下，善用每一分鐘。

有一年，我應邀去馬來西亞講座，從吉隆坡一路長征二千公里外與新加坡接壤的新山，路途中經過我向來喜歡、百看不厭的麻六甲古城。我耽溺三天，依舊無法自拔，一下課或者上課前便換裝閒服，浪行於古城老街之中。古城上的矮牆邊有一位皮膚黝黑的畫者默默作畫，神情專注，我怕吵了他，立於邊角欣賞他的畫。那個人突然仰起頭來，走到我欣賞的兩幅畫旁，輕輕取了起來，用報紙包著，塞進我的包包，口中說著：「看你很喜歡，送你喲！」

素昧平生的盛情嚇了我一大跳，我本能伸手拒絕。他依舊笑咪咪，說是秀才人情。於是我與友人坐了下來攀談，知道他原是大學美術系教授，留英的，學習西洋畫，畫風獨樹一幟。我很納悶，這麼好的工作為何捨棄，他答得很有哲學：「我不合適。」

他顯然像個遊唱詩人，不太適應不太自由的教職生活，毅然辭去工作，一畫便是二十多年。這麼說來，他是以畫維生了，我更不能接受厚禮，堅持付錢。他最後收下了我的錢，但留下我的住址，言明會寄來禮物。隨著演講的密集，工作的疲憊，我根本忘了這件事，回到台灣繼續工作著，直到有一天，收到一份來自遠方的禮物，我才想起這位方外之人的允諾。

小小的畫，看得出來用心，很有意境。我決定拿去裱框，藝廊的人一見便知好畫，囑我用原木好框。哎，結果呀，框比畫貴。

這個人這件事，起了漣漪，在我心中畫出一個大圈圈，明白自己的能與不能，好與壞，優勢與缺點。他是個時間的駕馭者，未被駕馭，至少他的人生之中，舉棋擺譜皆有味了。

我收藏的畫多數是有意境的，有些是有感觸買下的，有些是畫者迷人買下的，更多的一部分是它藏著動人的故事。

人的一生之中被兩件事占滿了，一是讀書，約占三分之一，二是工作，又占了三分之一。再來就老了，只能等待一個無常，如果沒有好好把握，彈指即過，人亦休。我的優雅理論考掘於此，希望自己的人生做的是一件不後悔的事。

把錢花在買畫上，因而得到一點點小小的浪漫，截至目前為止，我還是以為做對了，至少我的錢真的很有妙用。

藏書閣與音樂室

書是謀生的道具，音樂成了引動靈感的妙方，
藏書閣與音樂廳於焉誕生，未花太多的錢，倒是花了心。

古希臘哲學家蘇格拉底曾經說過：「音樂與旋律，足以引人入勝，潛進靈魂的秘境。」音樂讓我花費一部分辛苦工作換來的錢，把作家的稿費用來送給音樂家當成版稅了，如此看來倒也公平。一片ＣＤ三、四百元，卻可以換來一個下午的寧靜，滿划算的。

除了購買新世紀的音樂之外，我也訂了KKBOX，只為聽一些新音樂，偶爾聽歌，多數只聽音樂，而且只在寫稿的時候。新世紀音樂是不擾人的，有時候還有增添靈感的效果。無意之間，音樂竟也成了我引動靈感的妙方，它使我投資了不少錢，但無形的價值我獲取得更多。

音樂CD日積月累，已達汗牛充棟的地步，必須給它一個家，讓這些曾經流浪者，添得妙所。我在客廳與書房擺置CD，兩處我都想設計一個收納箱。

客廳音響屬於高級一點的多聲道，喇叭是木質音箱，共鳴性佳。音響店老闆引領我進入秘室，測試音質，音樂在耳朵裡穿梭來去，流盪出美妙的音符，當下迷上，掏出錢來購買。音樂欣賞，多半躺在沙發上進行，這裡的CD約占八成，是集散中心，書房只有在寫稿時使用得上。我花了數萬元，讓CD添得棲所，滿足極了。

戴聖的《禮記．樂記》一書中說道：「樂者，樂也，人情之所不能免也。」我對音樂的執迷不悟源自於此。最高峰時達到一千片，之後做了清理，一部分與二手音樂店的同好交換，大約十片只能換到一片吧，使得數量短缺許多了。但即便如此，還是很龐大，而今有了歸向，兩全其美。

作家最多的東西，理應是書，它是我閱讀的品好，謀生的道具。清人屠龍在〈書齋〉一文中提到：「書齋宜明靜，不可太敞。」我的書房大約也僅是如此，不可能太寬敞，但必須考究；它可是我的金雞母，錢的工作室，如果以投資理財而言，它是一種有效的投資，稿費的工廠。

浪漫哲言

音樂與旋律，足以引人入勝，潛進靈魂的秘境。

——蘇格拉底

書房設計，我費盡心思，約莫占了裝潢費的五分之一，算是昂貴。可是幾年來，我在此寫了不少好稿，出版不少膾炙人口的作品，比方說，《放手，就有桃花源》、《轉個彎，就是天堂》、《想飛——教出會生活懂生命的孩子》、《嬉遊記——用玩樂啟發孩子的大智慧》、《天使補習班》、《活得好的一百個理由》等等，總銷量至少有幾十萬本吧，它們全都是出自這間書房，怎可不善待之。

畫家作畫的長桌，俗稱畫桌，我心儀久矣。有了一筆錢進帳之後，我便動了歪腦筋，很想把書房做一點更動，讓一張長桌駐紮進來，成為我書房的一部分。最後再安置上生產線——電腦，舒服敲著鍵盤，緩步悠揚的流淌出優美的文字。值得一提的是，這張桌子並未散盡家產，只花一萬多元。

書房的設計原本就極佳，暫時不必大費周章的更動，只需局部改變，包括一盞雅緻的檯燈。或許是我的想法太過於浪漫，以至於被譏為不切實際，最終根本買不到有感覺的檯燈。直到有品味的鄰居，多年前從西班牙買回來一盞檯燈，最後壞掉了，扔棄於資源回收場，被我像小偷一樣趁著黑夜、帶著包包遮遮掩掩偷運回來。修好短路的電線，買了燈泡，通了電，發了光，書房的光明燈才告解決。美呆了，我開心不已。

我的藏書閣與音樂廳於焉誕生，未花太多的錢，倒是花了心。

台灣舊書店地圖

北部：

● 茉莉二手書店

地址：台北市羅斯福路三段二四四巷十弄十七號

電話：（○二）二三六九—二七八○

營業時間：十二點至二十二點（每年除夕至初四休）

● 胡思二手書店

地址：台北市士林區中正路二三五巷四十四號

電話：（○二）八八六一—五八二八

營業時間：十一點至二十二點（周一～五）
十點至二十二點（周六、日）

●舊香居
地址：台北市龍泉街八十一號一樓
電話：（○二）二三六八—○五七六
營業時間：十三點至二十二點（星期一公休）

中部：

●午後書房
地址：台中縣龍井鄉藝術南街七巷一號
電話：（○四）二六五二—九九二七
營業時間：十二點至二十二點三十分

●老殘二手書店
地址：台中市西屯區文華路一一九號
電話：（○四）二七○七—六七○八

●東海書苑
地址：台中市西區五權西二街一〇四號
電話：（〇四）二三七八—三六一三

南部：

●草祭二手書店
地址：台南市南門路七十一號
電話：（〇六）二二二一—六八七二
營業時間：十二點至二十二點（周三公休）

●貧乏物語
地址：台南市育樂街一七九號
電話：（〇六）二三四—一八〇九

●墨林二手書店
地址：台南市大學路西段五十三號
電話：（〇六）二三五—一三五

東部：

●舊書鋪子

地址：花蓮市節約街八號

電話：（〇六）二二一六－八七二

●時光二手書

地址：花蓮市建國路八號

電話：（〇三）八三五－八三一二

營業時間：十一點至二十一點（周一公休）

●飲冰室書店

地址：花蓮市博愛街一五四號

電話：（〇三）八三四－四二九二

醉在浴缸中

浴室早早被心理學家定位成心理治療室，可以洗滌忙碌一天之後的煩憂。

西元前四千年，人們就知道平凡無奇的水具有神秘的療癒效果，憂傷者得以因而重生；考古學家從龐貝古城挖掘出一些迷人的遺跡，發現這座典雅的城市，藏著華麗的沐浴儀式，令人目眩神迷。

路易十四是法國全盛時期的君王，他所監工建造的凡爾賽宮就有一百多間浴室，工藝精湛的刮鬍桌與坐式小澡盆隱身其中。

浴室早早被心理學家定位成心理治療室，可以洗滌忙碌一天之後的煩憂。它也是一個人一天之中難得獨處、得以在繁忙之後拋開壓力，闔上雙眼，靜靜一個人享受出竅冥思的聖地。

浴室又被戲稱為「點子室」，大約是因為放鬆的關係，很多被塵垢蒙住的靈感竟也閃掠出來。愛因斯坦的「相對論」據說是在浴室中刮鬍子時理清楚的，而阿基米德的浮力原理更是如假包換的浴室傑作。

浴室成為很多文學作品靈光乍現的創作場域，川端康成的《雪國》及《伊豆的舞孃》場景就在一處溫泉療養院；作家蒙田喜歡到浮日區首府艾普隆比耶爾泡溫泉，泉質帶有放射性物質及多種微量元素，可以治療風濕病與腸道紊亂；法國作家費朗索瓦絲·德·博納維爾，寫了一本令人瞠目結舌的大作《沐浴的歷史》；史學家喬治·迪比在他的《私生活的歷史》便明確指出：「對自己的身體感到羞恥的人，等同於對自己感到羞恥。」

在歐洲，洗澡可是一門大學問，他們無法自拔的迷戀在浴缸風情中，浴室必須是獨立的、必要的、特別的，甚至很大。可是我們卻把它視為一種簡單的、可有可無的、愈小愈好的配備。

希臘的浴室、羅馬的澡堂、芬蘭的桑拿、土耳其浴，日本的澡堂迷醉、倫敦的豪奢、巴黎的浪漫……讓我理解水與人的關係，以至於一直想讓浴室成為家中最美的地帶。

關於沐浴的文學作品不多，梁實秋先生寫過〈洗澡〉一文，清朝文人袁枚也寫了一首詩〈浴〉：

浴罷憑欄處，
高雲掩夕陽。
不知何處雨，
微覺此間涼。

袁枚浴罷的意境，簡直天人合一，美極了。

歐洲風格的澡堂最是引人遐思，光是聽見瀑布般的水流聲流入浴缸，就令人精神為之一振。水溫與水珠淋在身上，完全可以使人清醒，就像春雨般的甘霖注入泥土，帶來一股清新的力量。

我因而想到自己的老浴室，用了十多年，早近不堪的地步了，可是我的五年一萬計畫根本派不上用場。

改造浴室得花多少錢？猜想絕對不會只是一個一萬、兩個一萬，或者五個一萬、十個一萬的，甚至有些痴人作夢，給出一個最具體的數字——十至二十個一萬元還差不多。這樣一來，我心便涼半截，可能性不大了。

即使不食人間煙火的人，也該有點常識，不至於蠢到堅信一個一萬元便能有很大的作為。這一刻，我選擇等待，把浪漫的時間拉長，之後，在我的聚寶盒中，不間斷的撒下銀子，等到有一天因緣俱足，再動工不遲。

我聽見圓滿的聲音，應該不必多久了，窮人的浪漫約莫可以完成，我想望著一個全新、優雅、有自己品味的浴室。

即使暫時還得在古舊的浴室中洗滌一天的煩憂，浪漫依舊不可少。我常把具有香氣的果皮留了下來，放入浴缸，擠了再擠，便成了柑橘香澡、檸檬香浴。頂樓有些香草植物派得上用場，登樓摘取幾朵，置於浴缸，隨著水流隨香，也是獨特的香療法。

費工一點就熬上一茶壺，倒進熱水中，浸泡其中，也別具味道。這些全未花上我太多錢，甚至不花錢，就可以擁有難以言喻的浪漫了。

即使花錢也不必太多，一整個冬季，只要大約一瓶五百元左右的老薑沐浴精油，就綽綽有餘了，它陪著我度過好幾個寒冬。

德國品牌是我近幾年來的堅持，大約是友人留德的關係，一再向我洗腦，讓我中蠱式的相信德國人對於品質的堅持。事實上，我用過幾種德國品牌的沐浴精油，的確發現品質頗優。我用了多年的opea七葉樹沐浴精油（台北火車站誠品書店旁的專賣店有售），讓我無法抗拒的迷上它的淡雅香氣；二百毫升五百元左右，可以使用十次，一次五十元。除非有人堅信五十元真貴，否則用它來復活身體細胞，消除疲勞，有何不可。

浪漫的手工皂

不知從哪一年開始，迷戀起了肥皂迷人的氣韻，喜歡獨自躺在浴缸中，闔上雙眼，在水蒸氣中享受不同香氣帶來的幸福。領我進入這場迷戀的，是不小心在高速公路關西休息站遇見的「綺緣」手工皂，我不離不棄的使用了十年，即使其中見異思遷了幾回，但這個品牌始終是我的最愛之一。

不貴嗎？其實我並不清楚，有人說貴，有人說便宜，喜不喜歡才是要件吧。不過保證我買得起，如果記憶沒錯，一整條切成十來塊，可以使用滿久的，大約三至六百元。我的哲學思考很單純：該用的，貴是便宜；不該用的，便宜是貴。如同我買鞋子的習慣，一雙舒適有彈性的好鞋，足以穿上十年，我便會奢侈買下，也不會便宜買下三雙不合腳、很難穿、可能會穿出水泡的鞋，讓自己受罪。這叫需要，我很堅持好的東西要有好的代價，否則別人就不會替我們生產好產品了。

我是個嘗鮮者，喜歡試用各式產品，竹炭、艾草與香茅三合一的肥皂洗起來滑溜，洗後乾適不油膩。真是被寵壞了，要求變高了。

阿原肥皂始於一個造訪者的贈送，一小盒，很香，我用了很滿足，開啟了我的第一次接觸。之後才發現屬於阿原的故事，明白一塊塊純天然的肥皂背後的哲理，因為他看見這塊土地上的美麗與力量，他的肥皂也被烙上台灣土地的印記。

阿原用夸父的精神尋找隱身山中的珍貴藥用青草，不論左手香、艾草、咸豐草、馬櫻丹、魚腥草……都是親自到山野林間幫忙採集，或者委託自然耕種的有機農園供應，連一顆檸檬、一粒綠豆、一塊蜜蠟，都是用盡千辛萬苦得來的有機材料。與他一起做肥皂的是一群樸素無華的在地鄉親，他們親手研磨青草，細心熬煮藥湯，將多種材料攪拌成一鍋鍋的皂漿。等皂漿變硬了，再一磚一磚切成皂塊，疊放著風乾三十天。阿原的肥皂只放青草、中藥材、天然精油，化學、人工香料、工業聖品「防腐劑」都被排除在外，因為無化學添加，所以肥皂有保鮮期。

陳怡安，這個名字始於跆拳道，我也是練跆拳的，於是更熟悉了一些。她把練習跆拳的堅毅精神完全發揮在手工皂上，我的一位朋友上了她的課，買了一些成品，送了我一塊，我使用過後便買了一些，而今斷斷續續使用著，愛不釋手。據說她使用的是各種不同的高級植物油製作，過程亦不刻意高壓加工，所以保有天然油品的養份。肥皂是由天然百分之百植物油冷凝法製造，無皂基、添加石蠟、固化劑、防腐劑和香精。

三峽成了我的新驛站，有一回，不經意讓我發現一間走過半個世紀的老工廠——五十年歷史的製皂老廠「美盛堂」。大約是噱頭吧，有個人仿著古代的裝扮，用他清亮的吆喝聲叫賣，帶著旅人彷彿回到時光隧道中，體驗當年賣肥皂的有趣場景。他吸引我走了進去，從老照片中跌入時光轉輪。第一類的接觸有了一些碰撞，買了兩塊回家使用，覺得不錯。現在的產品是第四代的手工皂，結合三峽在地特產碧螺春綠茶、天然茶樹籽及天然有機原料，研發出最健康、最天然的「有氧活皂」，要給籠罩在現代科技文明、各種污染下的人類，有另一個健康的選擇。

手工皂儼然成了顯學，四處都有人張著旗幟、擺攤設號。打開網路，手工皂產品更是琳瑯滿目，除了原木香料之外，還有添加牛奶的、羊奶的，真是滿足。

唯美廚房

如果連自己的居家都缺乏一點巧思，
就非理想的居所了。

建築師法蘭克．伊萊特說：「吃飯是一項藝術。」

藝術？此語令我開始有了不同凡響的思考，如果廚房不是廚房，它會是什麼？我最怕有人告訴我，廚房就是廚房，怎麼會是什麼？這種沒有創意的說法，就犯了約翰遜的計了，他說：「無知是藝術的敵人。」

我提點自己，千萬不要很無知，凡事都該在不可能中理出一個可能性，這才是創意人。如果連自己的居家都缺乏一點巧思，就非理想的居所了。

這一次我決心動用預備款，廚房到了大限，門板一拉倒地，置物空間全滿，進了就會厭煩的窘境，的確必須更新了。我隱忍三年，存了一筆錢，終於有了動作。周六假日，只要沒課，我便出發尋訪，幾乎所有賣廚具的地方，從粗俗到唯美、典雅，都有了輪廓，價錢上也略知一二。

花少少的錢，買來一組尺寸不合、但仍合用的廚具勉強湊合，也可行，但意義呢？當時的廚具也未壞到完全不堪用的地步，花了錢換來一組乏味之物，在我看來簡直亂花錢了。

理想中的廚房就貴了，業務員舌粲蓮花，讚美我的眼光，說我慧眼獨具，簡直是藝術家，沒有人能比的，一陣吹捧我簡直昏了頭。

為何要買新的？

這自問自答，發現除了年限已達之外，還想替家中設計加分，希望新的廚房設計襯托出胡桃木家具的美感。念頭一轉，方向確定，大約便明白自己的需求了；我很快找著目標，可是價格真的昂貴，一時半刻下不了手。

兩個藏品櫃可以秀出收藏品，兩盞投影燈昏黃中打出美學，藤編的麵包盒實用之外還增美感，幾個錯落的盤子格讓收納添了新花式，的確很誘人。總結的答案是買了，但得好好砍個價。

我使出殺手鐗，訂出一個自以為合理的價碼，一口咬定，留了電話號碼，請

CAFFE
THE
300g

業務人員同意便來電簽約，買賣不成情意在，無所謂的。

只隔了一天吧，業務員便喜孜孜來電，從口氣中聽得出來其歡喜程度。我聽了有些洩氣，是否我的砍價技術仍待琢磨，根本沒有一次入底。他們佯裝請示上級，如何委曲，看見誠意，勉強答應。哎！鬼話愈多愈受傷害。不過話再說回來，市售價格能殺到這種程度也算不簡單了。

簽約、付錢，約好黃道吉日，安裝上架，還是覺得滿意極了，直到現在，這組產品還在親朋好友之間被津津樂道，高度傳誦，很有口碑。我在廚房中添置幾幅畫，加了盆栽植株，雅緻浮現，真的廚房不是廚房了，有點像藝廊。

唯一缺點是，天花板依舊保留了原來塑膠板的式樣，我因誤植燈泡，燭光的瓦數太大，燒出一個洞來，這樣一來，美便減了三分。而留下了這個殘缺，五年一萬計畫便在隔年派上用場。

廚房經過一波三折的改造之後，大約有三星級的水平了，合適我這個自號米其林三星的大廚進駐，炒出來的每一道菜都色香味全，我應該不是廚師了，而是藝術家。

浪漫哲言

無知是藝術的敵人。
——約翰遜

迷人的手感家具

接觸原木設計是一個偶然，一來是我的好朋友鄧志浩喜歡敲敲打打，去他家常看見手做新成品，令人耳目一新，心中便埋下了有為者亦若是的基因。真沒料到幾年之後，我自己也喜歡敲敲打打，開始幻想有間自己的木作坊了。

志浩提及他的瑞士籍好友馬丁，三十三歲才轉行當手工家具師，從一個非木工本行的人，在三十年的歲月淘洗下，成了台灣木工藝的第一把交椅。原因竟來自他的信仰：要做就做到最好的。這種堅持不由得令人佩服，據說馬丁非常在意品質與耐用度，他認為木頭就好比人一樣，有著不同的木紋變化、香氣與特色。

馬丁放棄六位數的高薪、經理級的職位，自學木工，在自己的家裡製作起手工木頭家具。「在瑞士，家裡的一切修理工作都是要自己來。」手工木頭家具最迷人的地方，應該是它的生活記憶，小時候，我的家也是自己起造的，一群好鄰居、父親的朋友合力幫忙，創造生活的迷人記憶。

木頭馬丁相信，每一件家具都有自己的個性。我敲打按鍵潛進了他的網站，發現創意與執著是他建立口碑的心法，他的家具是用來傳承與欣賞的。朋友問我如何找到他，嗯，這很簡單，只要在鍵盤上敲擊「木頭馬丁」四個字，就可以找著一大疊資料了。

聽說馬丁的手感家具貴了點，可是買過的朋友告訴我，貴得好值得，因為那是堅持的代價。

我還認識另外一家作坊：木工場。分成了兩家，一家在北新路上，另一家在汀洲路上，三姐妹開的，現在的負責人是三妹毛敏志，電話是（〇二）二九一〇三一四三、〇九一八四六七二五三。

木頭家具一般以柚木與松木為主，高級一些的花梨木、檜木、雞翅木，可能就得另外訂製了。我才疏學淺，不是很有錢，沒找過太多家嘗鮮，能說的就這些了。上網查「原木手工家具」，資料肯定更多。

陽台森林

綠葉成蔭，涓涓流水，還有聲音宏亮、竭力嘶鳴的夏日午後之蟬，彷若森林，讓人忘了這是在紅塵之中。

愛因斯坦說：「想像比學識更重要。」大師的話語果真有哲理，我一一把它用之於生活浪漫，讓家居多了一點點想像。其中之一是陽台，它是個十足具有想像力的地方，我站在陽台一角，開始想像它是一座幽靜的森林。

經過高人指點迷津，明白想像必須來自實際，才會顯得真實。陽台森林我的確見識過，應該是幾年前的一場小型讀書會，正巧閱讀我的《轉個彎，就是天堂》，地點選在班長的家，少少幾個人。那一天，我們暢談生活品質，事後才發覺自己班門弄斧了，主人就是個浪漫的人，巧手打造二十多坪的家，處處呈現驚奇。尤其陽台，彷若森林，綠葉成蔭，涓涓流水，還有聲音宏亮、竭力嘶鳴的夏

日午後之蟬，讓人忘了這是在紅塵之中。

這幅景致被我偷偷藏進了潛意識之中，等待緣聚，第三個一萬計畫正巧欲開鑼。前兩個一萬計畫，實際上各支出了一萬二千元與一萬一千元，離預期不太遠。這一次我依舊找來了原木的設計者，請他在陽台上造一座可以讓垂掛性植物吊著、攀藤性植物攀爬的簡易花架。他笑意盈人，毫無懸念的約定了貨期。

很快的，我花了一萬多元的花架就完工了，接下來當是營造。我買來了一把一千七百元的躺椅，一個號稱名家設計、缸上彩繪了金魚、意境唯美的流水缸，再把屋頂花園中用漂流木種植而成的蕨類散放一旁，一些從跳蚤市場買回來的玩藝兒隨意錯置，大約就有模有樣了。

我一直喜歡風鈴，隨著風力大小，隨意搖曳，發出的清脆音律，讓人在風雨聲中添了幾許遐思，李清照的〈聲聲慢〉不由自主闖了出來：

尋尋覓覓，
冷冷清清，
悽悽慘慘戚戚。
乍暖還寒時候，最難將息。

三杯兩盞淡酒，

怎敵他晚來風急？

「怎一個愁字了得？」哈，我稍有不同，看得這浪漫的畫面，應該改成「怎一個美字了得」呀！

最後是花草樹木了，原先撿拾而來的台灣欒樹早已長成兩個人高，我用一個長形花器種植，花開時隨風搖動，模樣極美。我把它擺在最醒目之處，營造出森林的感覺，另外配上兩棵樟樹與桂花，就渾然天成了。

買花我可是行家，尤其牽涉到價錢，可得斤斤計較。並非我不願讓人賺錢，相反的，我覺得那是花農的專業，賺點錢是應該的，可是偶爾會貪一點小便宜。我常在周日花市要收攤之前的一小時，把原本一盆兩百元的燈籠花，用同一價錢買了兩盆帶回家。花架於是紅的、綠的、紫的、黃的爭奇鬥艷，陽台也添了新的樣貌。

一盞印尼製造、用貝殼一顆顆費工鑲成的雅緻掛燈，從屋子裡牽出一條電線，越過紗窗，落在陽台上的一角。我順勢插上插頭，燈亮了起來，昏黃中帶點濛濛的美學，也許閱讀不宜，但合適冥思。

我常在這裡泡茶、沉思、冥想，諦聽新世紀音樂，有時候或者什麼也沒做，就是躺著。

前陽台的設計引動了後陽台的另一個萬元計畫，可是盤算失策，最後花了何止三個一萬；製作了一個掛櫃、二個立櫃、一座置衣筒，雖說有點閃失，不符合經濟效益，但結局圓滿，完工迄今，滿足化不散。

浪漫提案

泡得一壺好茶

關於泡茶，我不是行家，但有一群算是行家的朋友，教我如何泡上一壺好茶飲。

水很重要，最好是軟水，最適合泡茶。喝茶好手說，泡茶時，持續沸騰的水很容易把軟水煮成硬水，不利泡出好茶，水中所含的礦物質也會被破壞。

泡茶的水溫，老茶人說：每種茶沖泡所需的水溫並不相同，老茶，適合以滾開的沸水直接沖泡，嫩茶，最好降了溫再泡；龍井、碧螺春七十至八十度為宜，白毫烏龍為八十到九十度，白毫烏龍、鐵觀音、水仙及普洱茶則宜用九十到一百度。

這也有簡單分辨的方法，茶葉外觀色澤較綠，沖泡的水溫應較低。

茶葉中含有兩項常人熟知的成分：咖啡因及維他命C。茶湯的咖啡因含量愈多，喝起來愈苦，而水溫高低也會影響茶湯的咖啡因溶解量多寡。其次，高溫容易破壞茶中的維他命C，降低茶湯的營養。

茶量，這也很個人化，可以依自己的口感喜好增減。簡單的說，茶葉外形膨鬆的茶，放三分之一滿即可；緊實的茶，四分之一；非常密實的茶，則放五分之一滿。茶葉放得多，浸泡的時間要短；茶葉放得少，浸泡的時間需延長。

綠茶類，如碧螺春、龍井、香片，生茶類如毛茶等，建議使用磁器泡比較好喝，因為磁器沒有毛細孔，可將香味釋出。

烘焙過的茶葉，如烏龍，待水沸騰後，降至約九十五度的水溫沖泡，不會破壞茶葉表皮，容易表現茶葉原味。

窗台上的奇蹟

原來浪漫這麼簡單，
只要花一點錢、用一點心，再花一些時間等待便成了。

我的小小窗台長過絲瓜，有過小黃瓜，還有小番茄，說了竟有很多友人不信，可是這全是真的，沒有半句虛言。

窗戶在我看來是視覺的延伸，怎可以虛應。我無法忍受空空如也的窗台，也無法習慣建商留下來的、長相怪異的鴨掌藤，即使它很好種，不必澆水就可養得好好的，但一點也不美。我寧可花一點點小錢，美化一番。

我的窗台植物，首選是香花植物，桂花好種，盛夏噴香，滿合適的；含笑重肥，這一點也不困難，一年開上兩回，迎著風吹了過來，書房添得幽香。結果的植物也不錯，柑橘是首選，金棗次之；我還選種了一棵矮種小粒芭樂，雖說食之

無味，但觀之極美，尤其從開花到結果，完全可以看出這種植物的曼妙之處。

窗台最美的盛事，就屬這兩樁，在每年冬春交界之際，種上食用瓜果，二月起種，大約也得等到四、五月才有收成。這種等待很美好，尤其當它蔓藤抽長，開出黃瓜，大約就快結果了。小黃瓜與番茄是我的最愛，它們給我一整個夏季的忙碌與期待，通常不必等到夏季，有時只需晚春，果實便長了出來，到達可以食用的程度了。

功夫總是愈磨愈精，加上我夠謙卑，逢事就問，人人都是我的老師，學問就愈積愈多，有一點農夫的架式了。賣菜苗的生意人是半個農夫，顯然也比我懂得多，我抓緊時機問個究竟，簡單幾個問題，獲得的答案便如獲至寶了。我常這麼提問的：「現在種什麼最合適？」他也沒怎麼答，大手一揮，這個、這個、那個！大約就報告完畢，多省事。

老農夫走的路比我吃的飯還多，好問題可省下三年苦功夫。我謹記這樣的原則，逢疑就問。我因做節目，結識了一些會種菜的聽友，順理成章成了好顧問，意見中肯，接納雅言必有好結果。

顯然我是對的，現在植栽的時間日見合理，早一點買下瓜果的種苗種下，於是二月的苗兒長成了，結果了，以至於四月就有了收成，生出見面禮，三條小黃瓜，童年的經驗馬上浮掠心頭。小學上學時，我會在書包中藏了少許粗鹽，在上學途中，行經瓜田，彎身低頭，徐徐前進，避開父親耳目，順手摘了幾條原本他想摘去宜蘭市區販賣的小黃瓜，這也成為我學費的果實，邊走邊吃，滿足極了。那個畫面截至目前為止，仍深藏的印在腦海之中，抹煞不掉。

而今長大成人，其實並不需要自己種植這些蔬果度日，但我彷彿上了癮一般，戒除不了。冬天一過，春天到來，便自動通知大腦該上菜市買些種苗了。它似乎滿足我的渴望似的，年年結果累累。

小番茄的記憶很深，小時水果很貴，難得吃上一回；蘋果的滋味更簡直是天方夜譚，一定是發生特殊的事，否則就只能吃到自家的金棗、橘子，與同學家的番茄。一群朋友借著幫助同學家收成的機會，免費試吃，番茄的記憶於是深入潛意識之中。我每年都因為想滿足這個童年記憶而種上十幾棵，單單窗台可能就種上七、八棵了，結果累累時，天天吃上幾粒，真是韻味十足。

驚奇不斷上演，偶爾伸長頸子，往窗台上探頭搜尋，番茄鮮紅的果實便映入眼簾。伸手摘了下來，放進口中，滋味頗佳，我猜過不了太久，就有第二顆、第三顆了。

原來浪漫這麼簡單，只要花一點錢、用一點心、再花一些時間等待便成了。

我把這件事口沫橫飛的說給來訪的友人聽，他笑得可開懷了，原來他家的窗台也有一整排的小番茄，收成了。

我赫然明白，幸福不只站在我這邊，還環繞在你、他、大家之間。如果想小小的歡喜一下，時機合宜，就趕快栽上幾株，加入窗台上的幸福族行伍。

屋頂花園

在暮靄中，坐在躺椅上，闔上眼，放空一切，舒服享受須臾寧靜，把傷了的心癒合起來。

意外在一本陳年的筆記本上發現，使世界翻天覆地、掀起大戰的拿破侖竟說過這樣的話：「不開花的地方，人類無法生存。」他的哲學神似廓爾尼所謂的：「在花園裡比在任何地方，都更接近上帝之心。」

這種感觸的確先進，大約也是我想造一座私人林園的原由之一了。

初始的構思並不單純，而且很認真的找一位熟悉的空中花園設計師，他是日本意識流高手，有模有樣替我設計，繪製草圖，並且解釋他的防水作法、施工理念。可惜因為錢的關係，最後作罷，道歉了事。

當時我已阮囊羞澀，銀行的戶頭中提不出五十萬元來滿足自己的風花雪月，即使友人最後降至四十萬元，我依舊沒有這筆預算。友人心一狠，說給他二十五萬就可以施工了，他還特別試算每一筆錢的出處，包括出動大吊車把幾噸重的雅石吊上頂樓的費用，看來誠意十足，可是還是付不起。

最後這筆預算被我省了下來，當成購買花草樹木與肥料的預備金了。早期的花園被友人笑掉大牙，他們聯合起來大剌剌的消遣我：「幾盆花，東擺西放就叫

花園喔！還敢請人來觀賞，你嘛幫幫忙。」最後的「喔」字刻意拉得長長的，我不以為意，心中想著總有一天瞧不起我的傢伙會驚歎醜小鴨變天鵝的奇景。

事實上的確如此，我的花園一變再變，四季花木皆不同，年年歲歲月月有了大驚奇，更妙的是，我未花更多錢。

第一批進駐花園的是從舊家一併搬家過來的花木，第二批是新家鄰居養壞的流浪木或者棄木，我把它們一一接收，施以妙手回春，最終神奇復活的傑作。第三批來自上帝、天女散花，從天而降，落入我家的土堆裡，長了出來；年年報到的香菜、不請自來的芭樂、老是想占一個位置的桑椹、出其不意便冒了出來的檸檬樹，還有我隨意棄置野生出來的龍眼，真是不勝枚舉。如果我不太計較，根本不必再花一毛錢買樹了，只是這些野長出來的花木並非我的最愛，仍得購買幾棵桂花、含笑充數。它們帶著濃郁香氣，至少讓人聞香而至，疲憊全消。

鄰居視我為花草達人了，養不起、養不活、想扔的，無論有無經由我同意，全搬上了樓，留了紙條彷若托孤代為照料。更多的是，摸黑上樓，放了就跑，他們明知故犯，反正知道我會收容吧。

原本荒蕪的花園，而今早已紅花綠葉，花團錦簇開來，花草樹木省了，甚至

浪漫哲言

不開花的地方，人類無法生存。

——拿破崙

有能力釋出種苗，讓人認養。我的蓮花長出極好，幾乎日日、月月、年年都開，屬於盛開型水生植物，是友人需索的第一指定品種。這蓮花以葉繁殖，葉枯蒂落，便長出新的蓮花了，繁殖力強，供貨無虞。

悉心經營多年，我的花園躍升成了私人的心靈醫所，具有強烈的療癒磁場。很多鄰居據說常在暮靄中，坐在我特製的躺椅上，闔上眼，放空一切，舒服享受須臾寧靜，把傷了的心癒合起來。

這麼神奇嗎?說實話，我也不明就裡，聽聽就好，請別當真。

我在空中花園中投資的金錢不多，投資的心思極富，因而比起一些有模有樣的大花園，自是難登大雅之堂。但卻添了野趣，很有味道。

因為野，所以有趣，自以為美的事物，便毫不保留秀了出來。而今想想，的確獻醜了。經過歲月的淘洗，花園的面貌慢慢有了麻雀變鳳凰的驚歎；入了園，不再覺得只是雜亂無章的堆疊，可以理解主人的心思，那裡是香草區，那兒是香花區，那裡是菜園，那兒有果樹，一清二楚。

欣賞者可依不同節令，走進不同區塊，做不同的事。比方說，春季，我常耽溺在香草區，隨意摘下幾葉、幾節，甚或幾款花草，在白色透明、帶點白光的玻璃瓶中沖泡。可以清楚看見葉子散開，翻轉飄動，浮出水面，淡綠葉的汁從葉脈滲漏出來，彷彿一場舞會，曼妙跳躍著圓舞曲。

夏季，果實飽滿的水果，擠了汁，加在包種茶裡，酸酸的，甜甜的，特別有風味，是我招待客人的秘密武器，朋友喝了全說讚。

秋天用眼觀四方更宜，一些我不捨得拔除的雜草，這一刻用盛開的美妙謝謝我的恩寵；偶然飄來的芒草，此刻開了花，在風中搖曳，灰白的枝條，如柳的花穗，真是美極了，即使耽擱一下午依舊不厭倦。

冬天瑟瑟，頂樓風大，至多只有賞梅、賞櫻了。為了使冬天有了期待與風情，我加種了杏、桃、梅、櫻，因而添了等待的心境，盼著花開，可以沏上一壺茶，孤芳自賞一番。

朋友最有口福，隨意要求，我便奔上樓，摘取一些有機蔬菜，宴饗客人。保證絕無一絲一毫的有害物質，用食前五分鐘才摘下的，口感絕佳，吃過的全說讚，賴皮的嚷著下回還要再來。

兩隻鳳頭蒼鷹跟了我十二年了，牠們占據這座山頭也許更久一些，或許我看見的根本不是第一代鷹，而是二代、三代了。最多的時候有四隻，後來子女遠去，又剩兩隻，隔一、兩年，再變成三隻，爾後又變回兩隻老鷹相依。

我大約與鷹已有了情感，常常繫著，抬起頭望見牠便心滿意足，萬一哪天不見蹤影，我應該會焦急吧。

花園其實只是窮人的浪漫，但它是有價的，最後化約成為我文思泉湧的來源。

做自己的設計師

我是設計師！

這可是我一輩子不敢奢望的角色，而今我竟自豪的告訴友人，我真的是我家的設計師之一。

這個緣起當是來自一股衝動，心想自己的家何須勞駕他人，我一定有能力把它設計得美美的，屬於自己的樣貌。

一個一輩子窩藏最久的地方，就屬家了。我的朋友之中幾乎清一色都為這個屬於自己的私人地帶費盡心力，花了很多錢，繳出無數貸款，多數人終其一生才償還完畢。

真是令人匪夷所思，這麼辛苦才賺來的房子，真正善待之人卻出奇得少，為何如是呢？

我不是設計師，但這些年來累積了一點點設計的觀念，發現當他人的設計師也許有難度，可是當自己的設計家理應不難吧！一來它是我家，我比設計師明白屋子裡的肌理、主人的品味與嗜好；二來是我花的錢，如何節省開銷只有我知道。設計師不僅不了解，甚至希望預算愈多愈好，可以來個乾坤大挪移，將我的錢化做他的錢了。

依據我的經驗，至少可以把交給設計師的一半以上經費收了回來，何況有了自己的參與，風格絕不亞於設計師。

我的家幾乎是我與家人的設計成品，朋友來訪，欣賞之餘還以為是名家之作！其實真正的設計者是設計界的無名小卒。一家人邊思邊想，邊想邊畫，再請「木工場」替我們觀前顧後，只要不離譜就成了。

設計師偷偷提點，有些構想可以取來採用，顯而易見的，在這些設計的冥思中，我們的確有些創意是他們不及的。既是如此，何須完全採納，況且還得付上一筆巨款。

我幾乎很少聽過裝潢費用低於一、兩百萬的，有的動輒四、五百萬。可是我也不明白，大約房價五分之一或者十分之一價格的裝潢，到底這些錢是如何計算的？為何沒有人懷疑過？

截至目前為止，我仍舊害怕三種行業，一是水電人員，二是修車的，三就是設計師了。這些毫無公訂價目的行業，往往使人有摸不著的奇魅，只要隨口一開價，我們就得付現，稍一遲疑，便不上工了。

收費合不合理竟無人迷惑？

不想當冤大頭被坑了，簡單的水電修理自己來，幾年苦學也懂了八、九分了。設計家，哈！自己當。目前只剩修車不太行。

Part.4 身邊的風花雪月

風花雪月的目的，就是創造一種周而復始、轉動不休的圓形理論，
讓因工作流失的體力，有機會回復過來，再去賣力工作。

宋朝辛棄疾的詞，具備相當現代的韻味，我一直很喜歡，從早期課本讀到的〈醜奴兒〉：

少年不識愁滋味，
愛上層樓，
愛上層樓，
為賦新詞強說愁。

〈西江月〉裡的「醉裡且貪歡笑，要愁那得功夫。」一語詞張力大，不似古人。

最近他的另一首〈西江月〉又悄悄潛入了我的心靈世界：

而今何事最相宜，
宜醉宜遊宜睡。
乃翁依舊管些兒，
管竹管山管水。

妙哉！這詞兒多貼近現在的心境、一貫的主張。好一個管竹、管山、管水，我之所以這樣想，理由很簡單，希望老了之後，不再只有工作一事可以與人分享，工作之外理應有些浪漫的事、美好的記憶、值得一談的話兒。

我並非討厭工作，或者不想工作，而是想在工作之餘，尋找些浪漫的事。它與工作並不衝突，應該是一種必要，至少能在老年之後，有一些山水記憶銘印在心。這也是我以為再忙都得浪漫的理由之一，不該有藉口，因為一個人只此一生，不得後悔。

可是，在愛迪生發明了電燈，引進到亞洲，取代了煤油燈、蠟燭之後，白天便成了加長型，吞沒了黑夜，人開始忙了起來，閒暇的意義也就慢慢消失殆盡了。雖然麥斯．韋伯一再提醒我們：「人生不只工作一事，不只金錢一事。」但是人還是必須為工作而活。這是矛盾糾結的，工作主義與休閒生活，在我們的世界變得更加凌亂，可是為何創造了工業革命的歐洲依舊可以保持清明之心，享受餘暇生活？我的思索發現，首先，他們比起你我更明白錢的目的：它是介質，不是寶藏。於是歐洲人把錢變成極美之物，用它來泡咖啡，創造沙龍文化，啜飲紅茶，享受悠閒時光。可是他們並未忘了工作，而是更賣力的施展高品質的效率，上午九至十二點忙著，下午三點之前午茶時間，再回到

工作崗位，七點回到家中，享受家庭生活。

《讀者文摘》曾做了一個如果一天可以化做二十五小時的調查，多出了一小時，人們最想做什麼？

歐洲人普遍用來過家庭生活，但印度人卻想用來工作，這隱約已透露出東西方的不同了。

可是一味的工作，對於人生的美好真有幫助嗎？相同的提問也可用在：很有錢就很幸福嗎？答案當是未必，甚或更難。

歐洲人並非一下子就理解這層道理的，古希臘人也一度奉行為工作而工作的道理，他們根本閒不下來。在同一個年代，我們反而提倡休養生息的觀念，以為讓萬物休息，方可生生不息。但曾幾何時，居然主客易位了。

忙著去工作，快樂過生活。這是原本兩條不衝突的路，但是過於工作的人，很難保持悠閒生活，而少了休閒生活，就根本無勁於工作了，這是風花雪月的意義。我想說明的是，可否有一條殊途同歸之道？事實上，現代人的目的都是一致的：想過優質生活。可是有人一直忙著，有人懂得閒著之道，原因在於前者是工作為了找錢，後者以為找錢是為了生活。

我在論述悠閒生活時，從未遺忘工作一事，我知道要工作，要努力工作、勤奮工作，否則沒有人會給我白花花的金錢。但我更理解還得有空消費，花在刀口上，讓隔天還有體力繼續工作，創造一種周而復始的輪迴。

是的，風花雪月的目的，就是創造一種周而復始、轉動不休的圓形理論，讓因工作流失的體力，有機會回復過來，再去賣力工作。

最可惜的一種人是，忙了一輩子之後，驀然醒來，才發現不該做的做了許多，該做的一點也沒有做。我認識一位在職場努力多年、曾經多金的科技新貴，在這一次金融海嘯中被襲擊得體無完膚，成了「新跪」。他說，真的記不起來最後一次做過以下這些事，是多久以前了：

陪著女兒騎單車。

全家看電影。

沿著屋前的野溪小徑散步，諦聽潺潺水聲。

坐在落雨松下冥想。

欣賞畢卡索、莫內、米勒之類的畫展。

喝一杯下午茶。

觀賞雲門舞集的演出。

依著窗凝望落日餘暉。

聆聽天籟。

到離島度假。

說著說著，他搖搖頭，低聲喃語：「想不起來了，很久以前的事了吧。」

這種人在這個社會上並不算少數，我們用一個自以為合理化的理由，把浪漫拋諸腦後，以為錢才是一切，為了它凡事皆可拋。

可是即使這麼努力，他也沒有得到腰纏萬貫的員外生活，反而千金散盡還也還不來。誰理解，這根本就是可以得到平衡的，未必因為一件事便把另一件事全數趕出生活之外。

可是相反的，我也同時遇見了一些在物質上並不充裕的人，卻活得風花雪月，究其因乃是生活哲學。這些人全都堅持美好是人生的必要，沒有理由的，一定要的，我從中也學得了反思。

原來風花雪月可以分成兩種等級，一是花錢的，二是不花錢的，由自己決定。花錢的視經濟能力而定，有時候花得多，像我平時花很少，但就是愛旅行。不過，我也常常不花錢去旅行，比方說，爬山、溯溪、泡溫泉、打球、浮潛等等，基本上花費很少，很難用到錢，頂多是餐費與油錢吧。

不信，我們一起來算一算，就可以明白如何用少少的錢得到風花雪月、蟲鳴鳥叫、吻風親雨的浪漫。

醉在漂流木

忙碌的人該有一處私屬的心靈客棧自我安頓。

哈維說：「大自然永遠是一卷書，它的作者叫上帝。」

大自然美麗的肌理的確是上帝的傑作，我常於無所事事的清晨，加滿一千元左右的油箱，發動引擎上北二高，直奔金山、萬里、野柳，或和美、龍洞岬。龍應台在當台北市文化局長時，陽明山是她沉思的驛站，而東北角一帶的海洋則是我冥思的秘密道場。

海與我的關係有點微妙，老家離山近，離海遠，按理說我該戀山，卻獨獨戀海。如果不忙，恰巧路過，我常停下車，留連一下午，躺在海蝕平台上，任由海風吹拂，諦聽天籟。

心理學家說，忙碌的人該有一處私屬的心靈客棧自我安頓。我選擇了海，不必付費就能徜徉其間。海往往依著山，山中有野徑，順道一行，倒有玩味。一群友人玩累了之後，選擇小漁村的一家海產店坐了下來，點食一些海鮮，幾個人合資，便不至於太昂貴了。

喜歡海另有原因，為了尋找被海雕塑而成的美麗漂流木。迷上漂流木是因緣巧合，該從一個香味說起。有一回，我坐在岩石上望海，樟木、檜木合流的氣流襲了過來，真的很香，不由自主被吸引過去，依香而尋。在消波塊夾縫處發現夾得深且緊的香木，費了九牛二虎之力取出，香味爆裂開來，溢流周身，提神醒腦。之後，便以撿拾為樂了，成了海洋邊的偷香一族。

初始，只是看海兼而撿之，後來便彷彿職業般，每每看海，就如上癮一樣，不得不撿，或者因撿而撿。車子成了「北海運材車」，車箱內全是漂流木，以至於家中也木滿為患，讓人受不了。但實在很占空間，原本的美事頃刻成了苦差事。

閒晃建國花市讓我靈台開竅，一堆漂流木工坊讓我發現它的新用途，種花、桌椅、檯燈皆宜。我如法泡製，返家之後馬上取出一塊空心木頭，擺上一盆山蘇花，頓時眼睛一亮，美麗極了。

即使颱風天，也是我的尋寶日，明知危險還是成行，這種壞習慣實在不妥，後來便戒了。颱風過後再去尋寶不遲，這樣反而添得了意外的驚喜。我特愛在海中流浪多年的滄桑木頭，海蟑螂啃食出一種工匠也做不來的美學，巧奪天工，不必多費心神，就是一件天然藝品了。

隨著苦修，勤練，猛讀，我的漂流木技藝精進不少，至少懂了相木術。有了美感，開始動手製作生產，一盞盞「漂流木檯燈」出爐，據說還有人想買，這是始料所未及的。事實上這些成品並非止於至善、非常精美，但至少有我的感情與創意，以及獨一無二的美學。

漂流木的製作，首重美感。這很難言傳，純屬個人領悟，看上了，喬對了角度，就有了渾然天成的魔法。我把電線在其中繞來晃去，藏了起來，插上插頭，接上了電，燈一亮，真是美呆了。

我開始想像在自家挪出一處小小的空間，成立一間「木作坊」的可能性，幻想自己在原木的世界中舉棋擺譜，鐵定很有味。

原則上，我喜歡一個人看海，這樣就不會有任何羈絆，可以非常隨性，不

浪漫哲言

大自然永遠是一卷書，它的作者叫上帝。

——哈維

必牽制。可是我還是常常與一群人相約看海，人多也有好處，相互照應，比較安全。我曾兩度被囚在消波塊中，進退兩難，如果當時沒有伙伴，可能叫天天不應、叫地地不靈。

在野外，常有閃失，但這種免費的旅行，窮人的把戲，我還是屢試不爽，不必擔心費用問題，浪漫得不得了。窮人的世界，並非全是苦的，懂得玩樂，也有甘泉。

因為海，所以同時也戀上河，慢慢體會出福爾特爾所言的：「大自然永遠比教育擁有更大的力量。」

溯溪是我的最愛之一，它需要一顆玩心，一點體能，至少可以在天溪之中來回三、五小時，最好能游泳，那就更好玩了。每一年我都盼著這個窮人的快樂玩法，我們通常會各自帶一點東西，當成午餐，或者由擅長麵食的伙伴煮上一鍋麵，配上現採野菜、私房醬菜、一粒大西瓜，就很美味可口了。我們的幸福來自如此簡單的歡樂，這群溯溪的老友，沒有一個是有錢人，但全是有閒人。

我們有點念舊，有些地方一去再去，景點早已倒背如流，但還是不離不棄，年年月月，像去會個老朋友似的，至少每年看它一回，噓寒問暖，閒聊一番。

浪漫哲言

大自然永遠比教育擁有更大的力量。

——福爾特爾

有人誤以為我的這群朋友全是離職就閒者，其實非也，除了我之外，全都是上班族。有的上夜班，有的請了一天假，有的當天輪休，總之無論如何，他們都想忙裡偷閒，在煩悶的工作中用玩樂一掃壓力。這些聰明者的確做到了這一點。

溯溪得在帶露的清晨出發，太陽低沉再怡然自得返家。我們這群四個人合起來就有兩百歲的老傢伙還戲言訂下「不老族規章」，其中一條是玩到死，另一條守則是沒死的人都要繼續玩。這當是玩笑話，不過我們卻認真奉行，一副與死以共的態勢。

花錢嗎？有一點吧，至少花了油錢。可是我們常常併車，四個人攤一輛車的錢就少多了。有時我們各自帶飯，以我的便當為例，本錢約莫五十元，就可以擁有三菜一肉了，好一點的，再加一顆蛋。有時候由大廚阿水姐掌廚，我們連同油錢分攤二百元吧，通常夠用，餘下的當成公基金。

關於溯溪

台灣溪流景觀千變萬化，瀑布、深潭、奇石、峽谷及巨木，非常合適溯溪探險。溪谷裡的水氣豐沛，瀑布所激起的負離子遇上了森林所產生的芬多精，具有很好的養生效果，是解除病痛與煩憂的秘密處方。

如果有人說，溯溪具有很好的心靈療癒，我想一點也不為過。日本便把溫泉列入療癒的行列，身體微恙，泡一泡說不定能不藥而癒。

溯溪很迷人的，它是體力、美學、生態、環保、生活態度的大集合。一個人在溪中五、六小時，時而驚奇，時而讚歎，時而沉醉，多麼令人神往的歷程。我常與友人早上前往，傍晚賦歸，一身疲憊，卻滿心歡喜。

溯溪安全最重要，安全帽是必要裝備，我們不清楚何時會滑倒，是否會撞擊，萬一撞到頭，有保護鐵定是最好的。

溯溪鞋是止滑用的，沒有它很難行走在溪中岩石上，尤其是青苔滿布的石頭，增加了很多危險性，有了它就得以如履平地了。

救生衣——不管會不會游泳，有了它當然增添了更多的保險，溯溪不僅會遇上淺灘，還有深潭，救生衣成了護身符。

吊帶及繩索——這是行家級的，如果只是初級的溯溪場域就不必如此費事。除非巨岩密布，必須飛岩走壁，上上下下，否則應該用不上。

防寒衣——怕冷的、初級的、不耐碰撞的，可以考慮購買全身式防寒衣，至少可以防止身體四肢的碰撞，不用再另外使用護具。

溯溪是項老少咸宜的活動，合適夏天出團。它有一定的危險性，比方說颱風季節很危險，突然的西北雨會使水量暴增，溪石巨大隱伏，有鋒利切痕，裝備不可少，最好還要有合格教練的帶領，或者行家。

裝備齊全了，就可以享受溯溪之樂了。

溪流中除了有水流激起的負離子，及樹木散發出來的芬多精，另有三美：

風——溪流中引水而來的風，甜甜的，帶點水、草與樹木合流而成的清香，柔柔的在臉上拂拭。我喜歡溪流吹來的風勝過海洋，海風有些黏黏的，而溪中拂來的風則很清涼，這大約是差別之處吧。

樹——樹林集合而成的森林，在生態學家的眼中叫做「綠色子宮」，回到森林，就彷彿進入了母親的懷抱，自然的壓力釋放。我喜歡在溯溪時，中程找一處休息驛站，停下腳步，在森林密境用過午餐，躺了下來，睡個午覺，讓蟲鳴鳥叫、潺潺水聲，伴我入眠。人生如此，夫復何求。

天籟——天籟泛指所有的聲音，森林之中宛如一場私密的交響樂團，特別為一群戀綠的人開的演奏會，絲竹琴弦什麼都有。生物學家克勞瑟就說，自然界中每一種生物都有各自的音域，集合起來就是交響樂團，可惜因為人為的破壞，生物移民，大約流失了百分之四十的音域了。

至於生態、環保是我自己說的，這類的活動對溪流當有一定的破壞，為了補償，我通常會隨手淨溪，把釣客遺留的拉圾帶了出來。

野溪溫泉

日本人把一湯池水化成一種人文底蘊，
當泡湯不只是泡湯，應該是極美的。

貝利說：「露是夜流出來的甜蜜的眼淚。」這種說法用來形容對泡湯的印象也不為過。冬天寒流來襲時，把身體浸在汩汩冒出的湯泉裡，滋味真是文字難以形容的，至少寒意全消，熱氣上竄，流遍周身，舒服極了，歡喜到差一點流眼淚。

野溪溫泉更符合玩興，它的野味十足，天人合一；可以在微風中、細雨裡，甚至雲霧裊裊時躺在充滿靈氣的人間仙境之中，闔上眼，放空一切。最重要的是不必花錢，這點對窮人來說可是至關重要。

一般來說，在著名景點泡湯，三百、五百元常是行情價，密閉不通風，大眾池子彷彿肉搏戰，很不舒服。但在野溪溫泉裡，卻是自在逍遙，往往錯過午餐時間，再飢腸轆轆趕赴下山找吃的。

如果夏天的玩樂是溯溪，冬天的玩樂就屬泡湯了。一群人分成兩輛車，至多三輛車，浩浩蕩蕩前往目的地，寬衣解帶，但可沒有裸裎相見，我們找一處私密的林子換裝泳衣泳褲，噗通就下了水。很多野溪溫泉都景緻優美、地處幽靜，泉脈豐沛，冷熱水交會，瀑布銀花傾洩，宛如銀河，白煙瀰漫，風情款款，加上秋冬的冷風徐徐，落葉繽紛，山嵐氤氳，迷人極了。

兒子與我相約泡了幾回八煙野溪溫泉，這一處秘湯，熱泉從山壁流出，形成蒸氣瀑布，冷泉從另一處冰鎮的瀑布滑降，冷冽異常。左冷右熱，我們就在冷熱之間調整泡姿，真是有趣極了。

哎！這處秘湯後來就淪陷了，現在成了八煙溫泉會館，屬於上流社會的聚落，我們這些凡夫俗子，可是進不了會館。

除了八煙溫泉之外，還有幾處泡過的秘湯味迷人，比方說：磺溪野湯當是首選，它位於陽明山國家公園上磺溪上游，酸性碳酸硫磺泉，水溫約莫四十八度。

庚子坪溫泉是我們一群好泡之徒最常去的秘湯，因斷層所形成，高處有一瀑布，順勢而下，彷彿李白的詩句：銀河落九天。水溫極高，但有溪流混和，站在瀑布下淋浴，算是人間雅事。

瑞岩溫泉位於北港溪上游瑞岩部落，屬碳酸鹽泉，原住民的私有秘湯。以往都是在農閒時，自行帶鋤頭掘洞而泡，最近才由社區發展協會在溪旁規劃溫泉浴泉，利用涵管接水，建成一個樸實野味泡湯好地方。浴室的牆用桂竹圍成，再以鐵皮覆頂，簡單有味。

塔羅灣溪溫泉位於南投廬山附近，屬地熱溫泉。岩石自然形成數個天然浴池，大眾池可以容納多人共浴，個人池一人獨享，還有一座近百坪天然溫泉游泳池，泡湯觀景兩相宜，真是人生一大享受。

玉穗溫泉位於南橫玉穗溪上游，含藏了三種不同泉質，十三K處下溪谷便可見著溪畔峭壁旁，可瞧見蒸氣裊裊，溪旁有三口溫泉池，泉質溫度都不相同，真是有趣的體驗。

栗松溫泉位於新武呂溪上游，溫泉由岩壁傾瀉而下，水溫約莫四十多度，需有入山證方可進入。

野溪泡湯的確充滿野味，但也因而少了文化層次，有點可惜。我去過幾回日本的泡湯之旅，發現我們與之相比，最大的差異就屬文化；他們把一湯池水化成一種人文底蘊，值得學習。如果泡湯不只是泡湯，應該是極美的。在日本很容易感受到包裝溫泉文化的用心，他們把水的度數、質地、與溫泉有關的科學，細緻地找了出來；溫泉池邊還設有直飲區，某些泉水據說能治胃病，不管真假，信者恆信，也許是心理安慰劑，也會有效。

朝這個方位前進，有朝一日，台灣的泡湯或許會成為文化的一部分。而且我們的確有這種條件，比如說，北投湯區開發極早，始於日據時代，文化的殘留極多，泡湯兼識古蹟，倒也添了一番風味。吟松閣、瀧乃湯等等名列三級古蹟的老湯池，得花一點錢，在歷史場景中泡上一回，尤其吟松閣的三足石燈籠，是日本岡崎縣的名產，立於造景水池上，輕巧素樸果真一絕。

北投溫泉博物館則是一處巴洛克風格，彩色玻璃當天花板的藝術品，陽光午後，折射在羅馬式的公共浴池中，水光映室，別有韻味。這裡曾是神風特攻隊出征時的溫柔鄉，一夜纏綿，從容就義，也是戰爭傷者的復原站，日本人把溫泉與醫療做了結合，成了傷患復原基地。

泡湯也要花一點錢，我們通常會在泡完湯後，選擇龜吼小漁村一間幫人料理的小店，買了一些生鮮請他們代為處理，好玩、好吃，大約也只要三百元，即使一個月兩回到四回，我們還是負擔得起。

慢速生活

用腳漫行之後，體會就更深了，
慢慢的與大地接壤，而且不花太多錢。

腳的浪行應該不必花太多錢，甚至不花任何錢，它是最省錢的交通工具，我曾經迷上一陣子，用我的腳走了很多地方。

住家附近的仙跡岩是城市閒人的秘境，鄭石岩老師也常爬此山，我們曾經開玩笑說，我從我家爬，他從他家爬，就會在中途碰頭。這當是玩笑話，我們一次也沒碰上。我通常會準備一壺水，六百西西左右，或者一個便當，五十元上下，就可以出發。我喜歡在山上一個人用餐，躺在巨岩上小憩一會兒，山上有位有心人掛了一個鞦韆，午睡之後，坐在其上，隨意搖晃起來，真是天大地大我最大！

仙跡岩是一座城市中很小的一座山，卻有十數種爬法，有趣極了，它陪了我五年以上的歡樂時光。

有一回，我一毛錢也沒帶，輕穿簡從就開步走，遠了才發現皮包放在餐桌上，還有隨身水壺。走著走著也就回到家，這才理得原來一個錢都沒有，也可以浪漫玩了一上午。

我也常常讓車與腳合體，車子帶著我到山腳下，而腳引著我爬上山。遠近自己決定，時間充裕就爬久一點，時間不充裕就讓行程短一點。如果是一個人，我鐵定帶便當，否則油膩膩的外食，我可是吃不習慣的。

假使朋友同行，爬的是皇帝殿，我們就會選在石碇老街上飽食一頓，順便帶一、兩包手工豆腐回去，一包三十元真是便宜。飽食一餐的代價，大約是四個人一千元，分攤之後一個人大約二百五十元，我們曾戲稱彼此是「二百五家族」。二格山、筆架山是練腳力的好地方，晨去午回，開車上坪林吃午餐也是好建議，我們各自點自己喜歡的菜，一客一客算，各自付錢，這也省事。我愛吃茶葉豬腳飯，九十元一客，我吃得滿嘴油膩。

梭羅就曾這樣寫道：「當我們行走，我們自然前往田野與樹林……」用腳漫行之後，體會就更深了，我慢慢的與大地接壤，而且不花太多錢。

腳加上單車就更好玩了，但是單車就得花上一筆錢了。我不是行家，不知道多少價錢才算合理，問過車行老闆，他說一萬六千八百八十八元就行了。不知是否玩笑語，怎麼聽起來都很像一路發發發。

我的單車沒有這麼昂貴，老舊一型的，但已相當滿足了。我常騎著車四處遊盪，最遠騎到石碇，最高騎上貓空，回到家累得不成人樣。行家告訴我，車子的級數不夠，得換一輛，否則下不為例。我正費力思考這件事，讓我的慢遊生活，有了新的方位，美麗的氣象。

我因而請教車行老闆，得到一點粗淺的知識。他說，基本功用很重要，閒行？越野？或者登山？功用不同，車子自然有所不同。我的單車只用來城市閒行，不會騎太遠，或者越過界，暫時未做環島的考慮，大約五、六千元就行了。

一分錢一分貨，但是迷戀品質高貴的單車，其中有一大部分就是虛榮心了。比方說，行家就告訴我，如果不計較品牌，六千元就可以買到一萬五千元等級的單車。的確是行話，可是入門者難有這種功力。

遠離品牌迷思，實用與經濟能力很重要，最好試乘，並且請教行家，運動功能與休閒功能居上，炫耀不是騎手該考慮的。

如果你的功用與我相同，只是單車閒行一族，那麼就該考慮踩踏輕盈一款的，輪子可以使用小圈的、細輪的，加上變速，就很省力了。我會考慮重量，太重了，女生較吃力。之所以重，大約與額外加裝有關，比方說避震器，可是如果不上山下海、翻山越嶺，基本上都是在柏油路上踩踏，何必有之。雙避震的車子，重量至少多了五公斤，這麼一來，車重就會影響踩踏效率，除非買來減肥兼練體力的。

一般來說，堪用的避震器至少要價三千元，否則兩、三個月，或者半年就變成無作用的垃圾了。

我家有台淑女車，俗稱菜籃車，價格不高卻滿好騎的，騎它上街買菜，一點也不遜色。雖然緩緩前行，慢速抵達，還是可以完成使命，功能性十足。它是訂閱報紙一年的贈品，高度合宜，可以使騎士腰背挺得直直的，不傷脊椎，不像某些車款，彎腰駝背，騎了很不舒服。

可是淑女車不太合適遠行，騎太久體力恐怕吃不消。

停車處需要考量，名貴的車子不太適合亂放，我的朋友把它扛回七樓住處，這麼一來，家就顯得零亂、擁擠，很不舒服；放在地下停車場，使用率一定會變低，最後變成滿布灰塵的廢棄物。

最重要的當是尺寸，千萬別小人騎大車，或者大人騎小車。一台合適自己尺寸的車子，才能久騎耐騎，否則搞不好沒有運動到，反而傷了關節，那就得不償失了。

貴一點的，如果好好保養，騎上十年不成問題，五、六千元騎十年，怎麼算都很划算啦！

尋寶者

跳蚤市場真是好玩，瑕不掩瑜，屬於窮人的天堂，
有時逛了一大圈，什麼也沒有遇上，可是帶走了滿心歡喜。

跳蚤市場據說是窮人的天堂，我未親身經歷之前，一點也不相信，但是身歷其境之後完全可以理解這種說法。在某些地方千元、萬元才使得上力，跳蚤市場十元、百元就可以呼風喚雨了。

跳蚤市場合適玩樂，散散心，把累積一個禮拜的壞心情趕跑。我謹記朋友的叮囑，在口袋裡塞了幾十個十塊錢銅板，隨意瀏覽，中意就買。我的目光老集中在老書上，這些絕版的、很難相遇的書，當下不買，下一回再遇上時可能就是十幾二十年後了。我的錢通常花在這些書上，得了滿滿的浪漫。

老書中的好書其實難以偶遇，有時逛了一大圈，什麼也沒有遇上，可是帶走

了滿心歡喜。

有一回，我不小心在一攤舊書堆中，覓得了一本踏破鐵鞋無覓處，得來全不費功夫的失聯書。它是一本民國五十六年出版，二十五開本，封面是素雅的白，書名是深紅色字體的《從集中營說到存在主義》。作者佛蘭克爾，我記憶中，他應該叫做弗朗克，不確定是否同一人，輕輕翻開，閱了幾頁便明白兩者是同一人了。這本書我尋找極久，以為不可能再遇上了，竟不小心在跳蚤市場中偶遇，當下花了十元買下，雙腳竟因興奮而抖個不停。

關於佛蘭克爾的事，一下子全浮出腦海了；他是精神醫療的一派宗師，提出著名的存在治療法，與佛洛伊德是同一時期的人物，二次大戰被關進了慘無人道的集中營裡。在集中營裡，死亡幾乎隨時發生，經常有人受不了苦而觸電網自殺，或者病亡，更多的是被虐待死的。有一回，他隔著窗啃食饅頭，眼睛剛巧與前一刻被搬出去、尚未闔上眼的屍體四目交接，彷彿盯著他瞧。他心一驚，本能倒退了幾步；這種感傷很難形容，就在屍體被扛出去的前兩小時，他還與他交談著。

住在陰森森的鬼城裡，佛蘭克爾在集中營看盡生離死別、痛苦與絕望，也在難友身上看見了人性的光明。為什麼同樣在集中營裡，有這麼大的差異與矛盾，讓他靜心思考生存與意義的關係，也許有人參透，有人沒有吧，這或許正是他後來常引用尼采的話：「參透為何，才能迎接任何」的原由。

佛蘭克爾的存在療法之所以風行歐洲，源自這場豐富而深刻的經驗。不是騙人的陳腔濫調，而是發自內心的反省。它並不像歐洲的存在哲學一樣悲觀與反宗

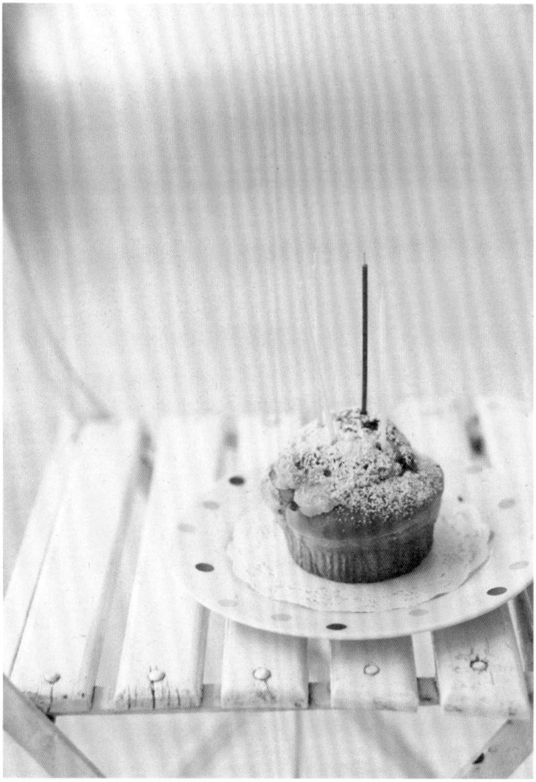

教，他相信只要能找著生命的意義，就有活下去的理由。這也正是他可以在慘絕人寰的集中營存活下來的理由。我完全理解這種想法的精微之處，宛如開悟的禪宗，也就成了信徒了。

十元呢？我一直到離開跳蚤市場還是不相信，十元這麼好用，我用手大力捏著自己的臉頰，會痛，那應該就是真的了。

十元的好處不只這一樁，我用過它買了自己一本絕版的書，名曰《心理的掙扎》，長弓出版社出版。這本書對我來說意義重大，它是我的第一本書。老闆由此言說我會紅，初聽以為是戲言，胡謅罷了，而今卻有幾分真。真想問他憑什麼，可惜出版社早已不在，人也失聯，這個謎大約石沉大海了。

我成為作家，這個老闆是其中一個恩人，願意替一位初出茅廬、沒有經驗者出書，而且還付了稿費。如果可以再見，我得當面謝謝他。

十元我還買過一些花園中可以派得上用場的花器、一些小人偶、翻土的鏟子、花的吊籃。朋友逼問我：講實話，真的十元嗎？我發誓，真的只要十元。

最令人興奮之處在於，正常的管道買不著的，跳蚤市場提供了機會。我喜歡製作漂流木燈飾，但常常缺東缺西的，有時缺了一個燈罩，遍尋不著，在那裡找著一個合適的，老闆很阿莎力，十元賣我，成就了一個美麗的漂流木燈。

並非所有東西全是十元，二手衣服就要五十元、一百元，二手皮鞋則視狀況，三百元、五百元不等。有時會遇上名牌的，好看又好穿，雖然友人曾語帶恐嚇，說那弄不好是從殯儀館某個躺著的人腳上脫下來的，聽來怪可怕，但眼不見為淨，就懶得思考了。

也有不老實的，雖是義大利名牌，樣式不錯，價格也合理，卻是壞掉的，初穿還可以，幾次之後麻煩就來了。我穿它去開會，在一場文學評審會議上，正在如火如荼的討論前三名時，一個爭辯竟感覺用力太猛，鞋身與鞋底分開爆裂。天啊！我在評審耶！這下怎麼辦？我只好把科員招了過來，指指我的鞋，請他去幫我買了一瓶應急的強力黏膠。

爆笑劇演完了，我竟覺得津津有味，莫非我瘋了？非也，只因跳蚤市場真是好玩，瑕不掩瑜，屬於窮人的天堂。它在我累了，倦了，煩了之際，提供我一處忙裡偷閒的地帶，真是功德無量呀！

窮人的天堂

窮人也有天堂？

有的，只要不嫌棄，樂得人擠人，在不特定的物品中，用鷹一樣的眼四處獵尋，還覺得好玩，就夠資格了。

跳蚤市場起源於一八八四年，巴黎政府為維護市容，責令撿破爛為生的貧民，將市區廢棄物分類，有用的物品出售，竟因而吸引了買家，形成一處固定的市集。

愈是古老的國家或城市，寶貝愈多，我的朋友去過加拿大的、澳洲的、美國紐約與洛杉磯的，英國倫敦的、荷蘭阿姆斯特丹或法國巴黎、馬來西亞的等等，他發現跳蚤市場不單單有尋寶的樂趣，還有文化意涵。

他指出，法國巴黎的跳蚤市場最有趣，周末假日搭乘地鐵M4，在終點站下車，只要跟著人潮，方位準沒錯。有平價的物品，也有高價位的骨董，有來玩的，也有來尋寶物的。

英國倫敦除了舊貨之外，還有街頭藝人表演，各式小吃、舊貨攤一攤接一攤，仔細逛、慢慢選才是良策。

荷蘭阿姆斯特丹魅力獨具，滑鐵盧廣場旁的露天跳蚤市場，是必逛之地；周一至周六是屬於跳蚤市場，周日是二手書市。出國旅行時，不妨隨口問問哪裡有跳蚤市場，或許還會有意想不到的收穫呢！

我知道台灣很多縣市都有跳蚤市場，但因區域的侷限，無法一一造訪。我可以大搖大擺之處大約就在台北了，比方說——

天母創意市集：這是我最近勤於走動的浪漫地帶，位於中山北路與天母東西路交界處，以天母圓環為界，招牌醒目不難找著。據說這裡的某些商品具有「秒殺效果」，一出現就有人搶著要了，吸引很多失業但有創意者，在創意市集擺攤。我是看了心動，但不敢一直行動，深怕盤纏不夠，或者買了之後，家中反而變成創意市集了。

二手舊物區則以二手舊物為主，天母市集算是高檔的，價格稍高，但依舊是二手價，很容易買著便宜又大碗的物品。

永春二手市集：位在松山永春市場的二樓，轉型了好幾次，最近一次去拜訪，發現改頭換面，來了新的擺攤者，貨品更齊全，有了尋寶的快意。這兒的人都是有趣的，多數應該不是為五斗米折腰來的，而是把家中用不著，放著占位置、丟了可惜的東西，整理出來與人分享。價錢屬歡喜價，每樣都是五元、十元起價，提供尋寶樂，服飾稍貴一點，但也只需五十、一百元。

福和橋與三重重新橋下跳蚤市集：我最早接觸的跳蚤市場在台北市愛國東路巷弄中，因為太吵，居民反彈，被迫喬遷，據說就是移入這兩處。跨三重與新莊的重新橋橋下是重新橋觀光市集，跨公館與中永和的福和橋旁是福和橋跳蚤市場。福和橋陪我走過一段浪漫，它與我認知的跳蚤市場有點不同。我出國講學旅行發現，國外跳蚤市場把自家用不到的東西拿出來分享，但這兩處多數是撿來的，或者倒店貨，髒亂不堪，但有野趣。

慾望不大，野心不多，只想體驗尋寶樂，能用、堪用的就好，那麼只要有零錢，大約十元，就可以暢行無阻了。

興隆樂活市：這是我替它取的名號，但的確有這種味道，每個人都想在此找些樂活的元素。九十七年十二月才開幕，慢慢打響了名號，此處離我木柵的家最近，周六演講回來，不急於回家便拐個彎到興隆樂活一下。買買花草，聽聽民歌，喝喝咖啡，啜飲一杯茶，每個月的第二個禮拜還有一些手工玩家來駐點，真是美呆了。

這些地方都需要帶一點錢，但不必很多錢，也可以不帶錢，擁有一顆心就行，就能浪漫一上午了。

蒔花弄草不花錢

愛花的人心胸較寬大，
美事常懂得與人共享。

柯克斯說：「花是連嬰兒都懂的語言。」

我想是吧，連蟲鳥也都喜歡著，它們互相依附，成了美好的食物鏈，傳宗接代。我雖然早不是嬰兒了，但依舊喜歡花，而且著迷。

有幾種花一直讓人意亂情迷，依序是櫻花、梅花、桃花與杏花。我有一點小錢，買了幾株，因而得了一點小小的浪漫。

櫻花六百元，梅花兩百元，桃花一百元，杏花一百元，看這種價格就知道不是大株的，也非二十年、五十年的老樹，而是小苗，但我依舊種得很愜意。

櫻花是日本人的國花，其來有自，在白雪皓皓過後的春季擇日綻放，粉紅的猶如嬰兒的臉，白的如雪。滿山遍野櫻紅花朵盛開，漫步櫻花林間，落英繽紛，如詩如畫，站在樹下，微風拂過，花瓣紛落，猶如櫻花雨。

因為迷上，所以種下兩棵櫻花，一大一小。大的一棵因為水土不服，早早謝世；小的一棵尚很健壯，第一年就開出幾十朵花了，讓我有些意外，但盼來年長得更大，開出一片櫻花雨。

雪梅原本只有一株，經我分株後成了七、八棵，分贈友人，自己留下兩株。雖說長得不算高大，枝條也細，竟可以連連開出千朵白花；雪白的顏色，帶點粉彩，朋友喜歡，我便慨然相贈。最近有些疏懶，沒再刻意分株，就不忍割愛了。

俗語中「不經一番寒徹骨，焉得梅花撲鼻香」的梅，與松、竹並稱「歲寒三友」，歷來就是文人雅士吟詠、描繪的主角。

梅花以其耐寒的特性及冰清玉潔的象徵成為國花。據我所知，早期的梅花是從中國渡海來台，栽種於原本不適合梅樹生長的濕熱環境中，可是卻入境隨俗長得不錯。台灣梅花的花期約在每年十二月至隔年的一、二月，我種了兩種梅，一種會結果，一種不會結果的，應該就是台灣兩種不同花期的梅花吧。

我的杏花僅有一株，寶貝得很。杏花對我之所以有意義，是來自於自己算是半個醫療人，懂得種樹成林的典故：據說有一位名醫，樂善好施，宅心仁厚，對窮人尤其好，付不出錢的鄰居，只要種下一棵杏樹即可抵醫藥費，日積月累，愈種愈多，杏花成林，便成了杏林，好醫生的代名詞。

我心領神會這位醫生的功德，學習之，諮商費訂得特低，大約只有我從木柵往返市區的計程車費了。偶遇老者，號稱沒錢，便悄悄請護士退費。我沒農園，否則也可請他們種杏成林了。

杏花在我的屋頂花園適應很長一段時日，初期活得並不理想，慢慢的熬過難忍的溫差。這些年開花的狀況明顯好多了，有時還能結上三、四十粒的杏果，食來無味，並不好吃，但純觀賞倒是美事。

桃花與杏花不容易分別，樹形很像，花也很像，結出的果實也很像。至於哪裡不像，實在說不上來。喜歡桃花應該與桃花源的作者陶淵明有關，把桃花漸次奉行成隱居閒行的標誌，常常「臥讀陶詩未終卷，又乘微風去鋤瓜」。

木本植物樹芽壯碩可以遮蔭，是屋頂花園的重要植物，但草本也有其重要，可以在陽剛處添得陰柔。我常花一點錢買一些草花，得了浪漫。與木本比起來，草本就便宜了，我找到了一家一株十元的店，便常去光顧。

草花屬耗損品，尤其是一年生草本，沒多久就得換一盆了，只要十元，不會造成生活壓力。特價三十九元的掛籃裡，兩、三株草花植入其中，掛了起來，隨風搖曳，煞是美麗，成本不到七十元，就有了浪漫之感，何樂不為呢！

一位朋友比我更厲害，喜歡收集種子，上網與同好交換，這麼一來，不僅添得樂趣，也有新鮮事可做，一舉數得。

愛花的人心胸較寬大，美事常懂得與人共享。我的花園是友人的培育所，伸手就要。睡蓮排行第一，這種用葉繁殖的蓮花，一年四季都開花，一年開上千朵是常有的事，如果客人喜歡，我便移植一株送人了。社區花園的蓮花池中盛開的

浪漫哲言

花是連嬰兒都懂的語言。
——柯克斯

蓮花也是我提供種苗的，最不服氣的是，在我家長得小小的花兒，在社區的池子裡卻長得碩大無比，終於明白在我家中水盆裡的蓮是龍困淺灘，它可以長得這麼大喲！

第二名是野生桑椹，我家的桑椹結果累累，大且甜，隔壁婆婆最愛，常常盼著，好摘回家製作果醬，或者清洗生吃。實際上它是野鳥種的，而且年年都來，長出新苗，朋友索取，我樂以相送。

花園裡的花草夠我忙一上午，它很花時間，卻不怎麼花錢，得了更多浪漫。

Part.5

喜樂養生術

錢可以使人過著奢華生活，但內心卻像斷線風箏。

浪漫需要「通行證」，最必要的一張叫做健康。富人有錢，可以用各種方式保有健康，而窮人約莫只剩一樣了，就是愛自己。

健康是一，其餘是零，沒有健康的一作為化學反應的基本元素，其餘的，包括財富、房子、車子這些零，就意義不大了。沒有命，再多的財富有用嗎？

我聽過一則禪宗的故事——

員外問禪師致富之道？

禪師說，這很簡單，日落之前所到之處，無論貧瘠富庶，土地全歸於你，但只有一個條件，必須在日落之前回到原地。

員外心想，這可簡單了，再笨也做得到。

出發了，他一直走、一直走、一直走，半刻也不停歇，深怕日落之前少擁有一片土地。眼見夕陽餘暉緩緩下山，員外心想應該來不及，再走三里地便又得三里地，撐一下無妨。落日漸漸沒入山頭，員外才急急轉身，在日落前一刻回到了原點，高興之餘大口喝下了水，卻不幸嗆死了。禪師嘆了一口氣，請來

了殯葬人員替他就地掩埋了。

葬儀社的人喃喃自語：「只有五尺長，要那麼大的土地幹嘛？」

這話聽來極其反諷，雖然只是故事，卻也意謂著很多人都如同夸父追日一般，踏上歧途，追逐永遠到不了手的東西。即使金錢、名位到手了，但健康卻離手了，一得一失，仍是輸家，我們因而一步步掉入自我設下的陷阱之中。

我一度很想書寫一本名為《我在人生路上犯過的錯》的書，自我反省，把人生歷程中有過的迷離寫出來供人參考，至少表明我並非一下子就抵達開悟之境。

十二年之前，我犯過第一個大錯，以為有錢真好，但忘了健康是寶。為了錢賠上了行囊中最是珍貴的健康，之後還花了很長的一段時間，才把它從舊物堆中找了回來。雖說仍有一些破損，但已比以前好多了，大致堪用。

錢的迷失人人皆有，我們甚至相信有錢可使鬼推磨，事實上根本行不通。人生不是錢可以完全支配的，它能換取房子、車子，可是買不了健康、快樂；它可以使人過著奢華生活，但內心卻像斷線風箏。我奮力掙脫回過神來，但更多人仍在深淵之中。

離開深淵，是我看清楚人真的只此一生，過了不會重來。我當年三十八歲，心想能活八十歲也只剩四十年，萬一只能活七十、六十，不就所剩不多了。我那麼努力工作，但為何沒有享受過，甚至賠上了健康，入了夜，非得濃茶、咖啡一杯續一杯，否則睜不開眼。這樣的人生到底真或假？我是傀儡嗎？窮？如果我以為自己不窮，又何窮之理。以往我將收入當做財富，之後我發現重點在消費，當收入減去消費還有餘錢的人，才算贏家。我終於釐清，原來財富是一則算術，正的就贏，負了，便輸了。

我盤點過身旁好友們的生活，發現過得不好的人多數把錢浪費掉了，未必真的很窮。而有些人賺得很多，可是花得更多，這樣的人到底該算富者，還是窮人？

我的確很難理解，日進斗金二十年的人，有一天被裁員之後竟然喊窮，那麼他之前所賺取的巨資到底去了哪裡？這非一句不懂得理財，便可以當成爾後潦倒落魄的藉口。這個人曾經賺了很多錢，最後卻是一無所有，這些錢飛往何方，理應理清楚，不是嗎？

如果我守著自己的錢，還需要日夜不休的賺錢嗎？如果我花的錢不多，還有必要一天到晚忙不停嗎？我的答案是否定的。我甚至發現，賺得不多，反而省得更多，大約是明白粒粒皆辛苦之理，花起錢來戒慎恐懼，也就不敢亂花了。

比起還未離職之前，我現在的確賺得少很多，可是卻擁有更多，這是令人開心的事。我發現人生的魔術數字，原來多非多，少非少，做得愈多也未必得到愈多。那麼為何不去玩一玩，如同歐洲人，他們的工作時數遠低於我們，但文明程度、休閒生活卻遠比我們滿足。

浪漫是創造這個魔術數字的方法，這就如同在荷蘭工作的友人一樣，做出一些成績，老闆放他一個長假，要求他四處旅行尋找靈感，再回到公司做出最美的貢獻。這就是友人所說的「效能論」，如果工作強調的是效率，那麼何必需要巨大的工作量呢？

如果不必超時工作，為何不能浪漫度日？浪漫一詞，是用心的，不是花錢的。

我還犯過另外一個錯，迷戀大房子，心心念念一棟可以裝下所有家當的華廈，忘了自己的身分地位。

還好我及時煞車，並未一時貪婪買了一棟豪宅，也就沒有花了太多冤枉錢去繳貸款。最後我選擇能力可以負擔的成功國宅，即使小了一點，住起來有些侷促，但壓力不大，讓我更有能力悠遊自在寫作好作品，不必天天為錢傷腦筋，煩惱下個月貸款怎麼付。正因為有了喘息的機會，才有了我之後換屋的機運。

如果當年貪了心，添了慾望，有了野心，買了一棟難以付款的房子，一切便全改觀了。關於這點迷失，我在朋友身上看見了。他們自恃待遇優渥，買豪宅不手軟，可是在這一波經濟風暴中撤守，成了做二休五的待命族。貸款還不了，只好賤售，算一算正好賠上多年的青春，一切歸零，以前的努力因為一次投資失利化作烏有。這個故事告訴了我，如果安分點，如果保守點，如果顏回一點，一切都會不同。可是千金難買早知道，不是嗎？

最後我還犯了一個小小的錯，多買了一些衣物，讓家成了置衣間，不僅花了錢，而且常常沒有穿；衣服一多，找起來更是不方便，有時因為一件想穿卻找不著的衣服，跟自己氣上半天。這可不是什麼好現象，至少對我來說，簡直是酷刑。這個反省也來得及時，我隨意盤算就明白，衣櫥中藏了吳哥窟的旅遊券、漓江的門票、峇里島的散心錢；如果不買過多的衣物，去哪裡旅行都成，這也就是我後來得以四處旅行的原因。錢悉數是我的，不是銀行的、車子的、骨董的，浪漫便是一件容易的事了。

犯過的錯有幸都及時改正了，沒有添得太大的麻煩，而且發現浪漫不是錢的問題，只要有心，誰都可以浪漫。事實上，浪漫有時也未必真的必須花錢，更重要的是，這些覺醒使我突如其來的多出了時間，可以利用它來做些更有意義的事，其中一項就是找健康。

我的醫生朋友告誡我，失去健康很容易，找回健康不容易，但也有簡單守住健康的方法，他說：天天要運動，好好睡個覺，慢慢吃頓飯，這麼一來，健康就會到。可是他行醫多年，從病患身上看見最多的答案卻是：統統做不到。

我們是窮人，更需要健康，未必要花錢，只要有心去做即可。

養生的必要

養生是一種零存的觀念，只要天天花上三十分鐘，一年、三年，至多五年，便有了大收益。

中西醫的理論本質上大不相同，中醫強調「養生」，主張事前調養，讓身體沒病，就不必花錢找醫生了。西醫主張治病，必須辨明病兆，對症下藥，得先讓自己有病，才有望醫療。

慢慢老化，養生一事慢慢派上用場，體悟了絕妙之處。原來它是一種零存的觀念，只要天天花上三十分鐘，做一些對自己身體有益的事，一年、三年，至多五年，便有了大收益。以前疏於運動的我，抵抗力差，復原能力也差，一個小小的感冒纏身，都花去我半個月、一個月的時光與病魔惡鬥，而且未必是贏家。試想這樣的身子，如何還有心力浪漫一下。

自從有了一些簡單的養生之後，感冒不僅少了，有時候不必三天、不用吃藥就能痊癒了。這令我想起日本醫學家對長壽村的研究：長壽村平均壽命百歲，全村的老人家都是人瑞，真是令人羨慕與驚奇。專家終於揭開秘密，最重要的是勤於勞動，無論多老，依舊在山中梯田幹活。何時不幹？老人家答得妙：眼睛閉上就不幹了。

長壽村的第二秘密是——飲食簡單，沒有大魚大肉，平時五穀雜糧是主食，節日再添些肉類。日本醫學家表示，這種飲食方式大大減少了腸胃的負擔，腸胃強健，身體就好。可惜現代人的食物太過複雜了。

醫學家還發現，長壽的老人家都有早睡的習慣，七、八點夜暮低垂，便上床睡眠了，隔日很早起來幹活。早睡早醒果真身體好，看來不假。

長壽村裡都有一口井，村人稱之為神水，來源是森林深處，經由大自然過濾出來的，富含微量元素。村人依它治些小病，好的水質是健康的保證，早是公認的事實，森林是好水的保證書。

醫學家還意外發現，長壽村的醫療設備簡陋極了，與文明時代主張的醫療差別甚多。我們被灌輸得年年做健康檢查，以策安全，可是長壽百歲的人瑞卻從來不知什麼是健康檢查，他們全活到壽終正寢。

關於長壽村的研究還指出一項事實：預防勝過治療；天天多花半小時、十塊錢來養生，遠遠勝過病痛之後，十萬元的頂級醫療費。

養生不僅可以使身體健康，同時也能養心，具有更佳的解壓能力。一般來說，身體強壯的人，解壓能力是不健康者的九倍，工作效率多出一倍半以上，快樂指數多了百分之十七。身體好，產能佳，約略屬於事半功倍者，一定多出一些可以利用的時間，過過優雅生活。

友人開玩笑說，四十歲之後只剩兩條路了，一條路通往運動，另一條走向死亡。這話有些尖酸刻薄，語氣重了一點，卻很接近事實。缺乏養生觀念的人，也許有朝一日，錢是賺足了，可是命卻保不住，那算是哪門子的福呢？

談到運動一事，總有朋友會說：哪裡來的空？

蒲魯塔克說：「時間是最聰明的顧問。」

這麼說來，沒時間等同於沒有顧問了。這是現代人經常掛在嘴邊的口頭禪，彷彿工作與時間是敵對的，為了好好工作，鐵定沒有時間。事實上它們應該是好朋友，有時間工作才會有錢，有了錢之後，再用它來換美好生活，以及一定程度

浪漫哲言

時間是最聰明的顧問。
——蒲魯塔克

的健康。

時間沒了，如何運動、如何休息、如何遊樂、如何看山看海？我以為多出一小時空閒時間，勝過口袋一百萬元。

在我看來，沒有時間的人只剩一種，它叫鬼，只有它不需要時間。凡人都是時間之物，少了它，時間就不能堆疊，歲月就停止了。

當人？當鬼？的確有必要想一想。

換出意義人生

時間一轉化，
就能多出曼妙的意義。

著名的趨勢專家大前研一在他的《OFF學》中提到：周六不開伙。忙了五天，的確該讓自己趁著周末假日，享受閒逸的感覺，找一家優雅的店，有情調的吃著、飲著，最好每星期都換新的。

這種思想提點了我，沒錯，錢是賺來花的，但盼每個人都花得很值得，享受自己編織的美好人生。

大前研一所擬定的假日美好方程式，我大腳跨入，開著車四處找吃的、找玩的，看新鮮的玩藝。忙碌煩亂的台北，也添得一點點合適人居的樣貌。

在花園耽溺一下午，總有人提點「荒於嬉」，不要太閒了。哎，其實是他們

太忙，我只是把本來就閒的時間取來做最浪漫的事而已，從未竊取過任何時間，它原本就存在的。因為這些時間的投入，我有了整季可以食用的蔬菜、水果；絲瓜、苦瓜、大小黃瓜等等爭相競逐的攀爬而上，蔓藤在樹梢，我必須發揮偵探般的特質，順藤摸瓜找著它的位置摘了下來，蒸煮來吃，好玩極了。

這些時間，有人原本是取來昏睡，用在罵人，甚至發著脾氣。而我以為這根本對生命無義，於是把它拿了出來兌換成浪漫時光。

我不可能在演講的時候同時在海邊浮潛，這是兩個重疊的光陰，我當是利用不演講的時候才去浮潛的。這麼繞口的說明，旨在提點我的朋友們，時間一經善用就有了美的變化。沒有演講的某一天清晨，我與一群友人開著車，前往龍洞岬海岸，找著了一處小漁村，每個人尋覓一處隱密的岩石，換裝著衣，便嬉笑下海了。浮潛在海上，熱帶魚從眼前、身旁悠游而過，真是美呆了。

浮潛鏡中的海有放大效果，原本不算太深的海溝，成了伸手不見五指的黑洞。游過五十公尺寬的海，彷彿被幽閉在鐘乳石洞中，本能有些害怕，但很快便克服了，開始想像自己也是一條魚，在海洋世界中自在洄游。

約莫一個多小時，起身、梳洗、換裝，挑選一些喜歡的食材，請人代為料理。用膳完畢，我們會再去附近的海濱步道閒散一下午，喝茶聊是非，微風、夕陽的傍晚再各自驅車返回紅塵。人生如此，夫復何求。

這些人全非有錢人，有正當工作，沒有棄家人於不顧，只為了一個叫做偷得浮生半日閒的夢想。我們相約在有暇日子，填補人生的真空。

演講兼度假，也是一種妙思。很多講師的演講只是一種來去，我來了，我走了，然後錢拿來。這種制式化的心態我一點也辦不到，找出忙碌的空檔是我慣常的心思，只要車子必須越過三峽，到桃園、中壢一帶的講座，我幾乎無法克制的會在中午返家經過三峽時，不由自主的下了交流道，停下車，在三峽老街閒散一下午。那是我善待自己的方式之一，忙碌一個上午之後，我有權利愛自己一回，東張西望，把巴洛克建築看個夠，帶上一盒「牛角餅」返家，皆大歡喜。

我迷上老街多年，無論哪個縣市，只要有老街，我便愛逛。深坑老街算是離我最近的，閒散千遍不厭；大溪老街偶爾也去，千迴百轉就是念念不忘；鹿港去了很多回，還是很想再去。這些老地方幾乎全數是利用演講之便到訪的。

時間被我一個轉化，多出了曼妙的意義了。

簡單吃得健康

自種的菜新鮮是一定的，
清香甘甜才是有味。

星雲大師邀宴，取名為「素齋談禪」，席間提及吃素與環保、吃素與健康的關係。可是這一頓素食實在好吃，大師言之鑿鑿，我卻因心陷美食而聽者杳杳了。實在很對不起大師，不過他的叮嚀倒是聽進去了：「食是藥。」意思是說：食物是藥膳，與其找好藥，不如好好吃一餐。這正是我在意的飲食方略之一。

根據我的經驗，素食的確比葷食容易消化吸收，可是塵緣未了，仍有口腹之慾，見獵心喜，也就胡亂食了起來，真是罪過。我目前努力信守九分蔬果一分肉的信條，希望辦得到。

至少放進口腔的東西，務必特別小心，這是我一貫的立場。並非所有的食物

都能成為養分，有時是廢物，有時是毒物，可是無論如何，我們卻都付了錢。站在超市流動便利的空曠走道上，有時難免迷惘，我是來買菜的？抑或買毒的？

有機蔬果成了我的最愛，即使一把貴了十元，按價格可能貴上百分之五十，的確令人捨不得。但醫生朋友的警告言猶在耳，他說省小錢，就得準備把錢花在醫藥費上了。這一點我也非完全不明白，只是臨到關頭，還是捨不得。

我的有機蔬果來源很多樣，一部分用訂的，但最多的是來自山中來的老人家，幾把菜，坐在地上化緣似的，未標明是有機，但至少不可能噴灑農藥。老人家說：沒有這麼粗的成本啦！除非大規模的種植，否則農藥錢遠勝菜價，哪划算！

最後則是自己當起自耕農，這麼一來，至少免去農藥殘留、鉛錳汞鎘等等毒物一不小心流進體內的機會。我討厭防腐劑，它會使我有朝一日成為木乃伊。

種菜另有一益，可以練練身子。原先考慮租一塊市民農場的地，月租五百元，最後不了了之，大約是嫌遠吧，倒是屋頂花園圓了城市農人的夢。颱風來襲，菜價高漲時，方可得意洋洋，否則豆腐乾大的菜園，即使盛產，也不能供給一家四口的大嘴巴，以投資報酬率來看也不划算。菜苗少則二塊五毛錢，但茄子、苦瓜動輒四、五十元，加上有機肥料，要價五十元只能使用一、二回，培養土一包二百五十元，每年至少得用上三、四包，成本就花了千元以上了。收成幾十條茄子、幾十條絲瓜、苦瓜、大小黃瓜、紅鳳菜、蕃薯葉、鳳宮菜，怎麼算都很不划算。可是無形中得到的開心，卻非這些數字可以比擬的。安心是無價的，種菜自吃買的正是心安。

親朋好友來訪，龍心大悅，順便上樓摘上幾條絲瓜、一小撮蕃薯葉、一些紅鳳菜，就可以宴請賓客了。

四季有律令，當令蔬菜最佳，有些蔬菜一個月便能收成了，有些則懷胎十月，等得可心急了。萬一遇上颱風，可就前功盡棄，血本無歸的機率約莫一半。運氣好一點，收成後颱風才報到，運氣不好，就得重來了。

自種的菜新鮮是一定的，清香甘甜才是有味，現摘現炒，香氣在嘴巴溢流，根本不必加上任何佐料，就有植物的清香了。這是超市裡放了大半個月的青菜完全不可能有的好味道，宅配的有機蔬菜、號稱現摘的，也無法與三分鐘前摘下的菜相比擬。

什麼都能省，吃的不能省，一直是我的信條，尤其是窮人，更加不能省了。哲學家說，健康是窮人的財富！最好相信，不信更慘。吃也有口訣的，百歲人瑞說：吃得七分飽，百歲不算老，飯後動一動，閻王不會到。

值得一去的館子

科學家居里夫人在其傳記中提到：「我已學會了安於命運，並且能從生活中找著一些小快樂。」

我也如是，從飲食中取得了一點點安於命運的法器，花一點小錢購買一本書，依據書中介紹的美食按圖索驥吃了起來。有些店極為好吃，可是我並不習慣，原因在於他們下了太重的口味。不必要添加的味素加了太多，讓人頭昏眼花，口乾舌燥，極不舒服。這樣的店即使美味十足，我也望之卻步。

即使如此，仍然有些店值得推薦，首選是位於松江路的「何首烏」。它是藥名，也是人名，是一家純中藥燉煮蓼科植物何首烏的餐廳。不油不膩，清淡可口，滑嫩入喉，清香繞鼻，是我吃了第一次的感覺。絕沒有添加任何不該添加的東西，於是食物的原味、甘甜的感覺，便一再在口鼻之間迴盪。據說它有滋補強身、增強體力、調整體質、減少疲勞、促進消化機能之效。

這家店能外帶，何首烏皇帝雞最受歡迎，朋友讚不絕口，我用過後頗有同感。

「紫藤廬」是另外一家我舉雙手推介的店，這裡只有簡餐、薄茶，稱不上大餐廳，也沒有足夠的菜色可說。可是味道別具，合適靜心之人。

在紫藤廬中用的餐、喝的茶，完全不是食物，而是歷史與氛圍。喜歡三十年代自由主義、了解殷海光與黨外歷史的人，應該明白紫藤廬與台灣自由主義的關連；就如龍應台女士在〈在紫藤廬與星巴克之間〉一文中所說，我們不能沒有紫藤廬，不僅是它只有一間，而是它在台灣歷史上的地步，沒有了它等同於沒了這一段精采的歷史。

我常常與朋友相約於此，如果能作主的，我會選擇約在這裡會面、談天，甚至授課。這裡以紫藤為名，兩棵巨大的紫藤在院中糾纏，讓我不由自主想起上海魯迅公園裡的超大紫藤，上天入地，爬了半個公園之遙，我後來喜歡植栽紫藤，是由這裡開端的。

大學時代的老朋友，每年約會一次，每次找一個浪漫的地點閒聚一下午，由當頭者負責尋覓一間餐館。我選了紫藤廬，而另一位友人則選了安坑「車子一〇九」餐廳。典雅的老房子，被主人設計成精緻的餐廳，就在車子路一〇九號上，用門牌當店名。主人喜歡烹飪，不藏私的把自己擅長的日式鹽烤檸香鯖魚、紹興酒香醉雞紛紛端上桌，成了招待佳餚。這家餐廳不僅賣菜，而且售景，沉甸甸的木門，白牆綠瓦，兩間木屋相連，花草樹木各自展現美麗與生命力，看不出人為斧鑿，有種安靜的秩序。餐廳套餐不多，沒得選擇，但是花草樹木，藍天白雲，微風細雨，卻可以享用一下午。

「甜餐廳」是我回老家宜蘭，北宜高大塞車，車子只好右轉下石碇交流道，往山區前行，預備走替代道路回家時，不小心驚見的。在女兒生日時，左思右想，找不出想去哪裡慶生，心中浮掠出來這家餐廳，於是訂好時間，準時赴約。小弟很專業的替我們介紹，我選了菲力牛排，七分熟，一入口便知有檔次的。

這家餐廳以景聞名，臨近北宜高，從透景的窗向下俯瞰，可以看見一彎溪水潺潺滑過，偶爾還聽得見河水激石的聲音。淡蘭吊橋橫亙，連結兩岸之間，用完餐可以走路閒行，爬上高地，慢步到石碇老街，沿途風景優美，微風徐徐，真是美呆了。

睡得浪漫

> 休息可以走更長遠的路果然是對的，
> 不休，老不休，身體的零件遲早會受不了的。

如果我說，睡是一種浪漫，不知你同意否？

醫學家告訴我們，香甜一睡百勞除，可是常有一夜好眠的人，據說在現代社會已然不多了。如果上了床，超過半小時還無入睡；睡到一半突然醒來，超過三十分鐘無法再入眠；多睡一小時，卻又好像沒有睡過，這些徵狀持續超過一個月，並每週出現兩次或以上，大約就是失眠了。

我實在很難體會失眠之苦，因為我太好睡了，一覺到天明。而且最近嗜睡成性，尤其冷冷的冬日，一回家就老想往被窩裡鑽，享受疲勞之後，熱水澡洗畢，身體還熱烘烘的、溫被的感覺。睡大約是我認定不可能改變的、勝過任何補品的除勞聖品。

睡中理應有夢，據說很多理論的建構、發明家的發現、哲理的開悟，不是從散步中得來的，就是從睡覺裡夢見的，真是有趣。人的睡眠多半有三階段，深睡、淺睡，繼之甦醒；深睡用來養精蓄銳，調合體能，讓隔日有力的處方；淺睡用來織夢，夢中有乾坤，而甦醒當是為了明日再戰了。

俄國作家屠格涅夫說過：「睡眠是一種靈丹妙藥，它不僅可以恢復體力，而且一定程度上可以恢復人的心靈，使之返璞歸真。」

古中國、希臘，以至於羅馬不約而同的提到睡與水，他們說：喝好水，好好睡，人就好好。幾千年前古老醫學的看法，與現今科學的研究竟是如此神奇的謀合，表示我們的老祖宗早就明白不藥而癒的方法之一就是睡了。

休息可以走更長遠的路果然是對的，不休，老不休，身體的零件遲早會受不了的。我們不是機器，只是肉包骨頭的人。

窮人最好的藥當是無病無痛，不要花無謂的錢，買一大堆對身體沒有益處的東西，把肚子當成藥櫃一樣，一瓶接一瓶的成藥往裡塞，一直到自己的身體吃不消為止，這種對待身體的方式真的很不當。禪宗裡有云：「吃飯時吃飯，睡覺時

浪漫哲言

睡眠是一種靈丹妙藥，它不僅可以恢復體力，而且一定程度上可以恢復人的心靈，使之返璞歸真。——屠格涅夫

睡覺，禪也。」保持時令，尊重生命律令，該休就休，該做就做，問題就少了。

我經過一段痛苦的晚睡晚起與晚睡早起的階段，並且一度以「生理時鐘」等專業名詞麻醉自己，最終還是發現那是自欺欺人的話語。沒有人有能力更動生理時鐘，該睡就睡，該醒就醒才是方策。

白天是工作的時間，夜裡是休養的時刻，我毫無疑義的尊重這一層生命美學，並且明白「休」這個字有復原與復活雙重意義。

朋友告誡我，以後就會睡很久，而且長睡不起，別太愛睡了。哎，對於這種吐槽，我常嗤之以鼻，心中嘀咕著，不信他哪一天不後悔的。

現在的體力也真的到了完全吃不消的地步了，一再用蠻力蠻幹、喝蠻牛續力是不成的，那叫「假體能」。我見過太多靠假體能生活的人，手中的咖啡杯永遠不離身，累了就再續一杯，一直到連咖啡裡的咖啡因也作用不了，才幡然有悟。

這樣的人生哲學，即使因而擁有諸多財富，又有何義？不能用的錢，並非財產，而是遺產。

心理學家與醫學家都這樣提點我們，人的體能太過有限了，大約只有一日的六分之一，頂多四分之一，大約就是四到六小時，超過就算透支，利用體能換得的錢，等同用命換來的。

專家替我們把關，可是忙人不從，一天八到十二小時工作著，如果再不利用難得的休息，好好睡一場，幾乎沒有機會復原體能。怪不得有人埋怨，一生努力工作，換得的竟是忙盲茫與疲憊、勞頓、壓力纏身。

喜歡午休與早一點睡，並不代表我慵懶，無所事事。而是透過休息一事，把工作的形式，由事倍功半轉成事半功倍，效率高自然就有空休息了，我忙中偷閒的時間也是因而得來的。

兩段睡眠時間務必固守：晚上十一點至凌晨一點是養肝時段，晚上十一點至凌晨三點則是用來養體能的。

解救失眠族

根據報載，城市中藏了許多熊貓，天天以熊貓眼示人，不用分說，一眼就可辨知睡眠不佳、徹夜難眠者。

有一回，我去台東演講，接我的司機是一位原住民朋友，他以半開玩笑的口吻問我：原住民有幾族？我答稱十三族，他說非也，應該又多了兩族了，新的一族是「存款不『族』」，另一族被山下的人感染了，有了突變，成了「睡眠不『族』」。他把罪過歸給了要錢不要命的漢人囉！

解救失眠一族真的要有釜底抽薪之計，首先該明白原因，太忙肯定會影響睡眠品質的。該睡不睡，黑夜成了白天的加長型，錯過黃金時間，想睡也睡不著了。

為何忙碌？離不開錢。沒有錢與太愛錢不同，沒有錢是為五斗米折腰，太愛錢是為慾望而活。後者絕對會是失眠族的，月薪先花光光再來想錢從哪裡來。那是死結，誰也解不開。

開源不成，節流也行，偏偏有些人兩方面都奇差，賺得不多，花了很多。負債累累的人，如果還是吃好、用好、住好的，出門以名車代步，那就不值得原諒了。

貪心少了，慾望沒了，野心缺了，睡眠應該就好了。

我也有過睡不好的經驗，改變習慣是不二法門，慢慢的由凌晨一、兩點睡，調整到晚上十點就寢，一些麻煩也就跟著消失了。

我的確做足了功課，比方說，我知道咖啡裡的咖啡因可以作用到八至十二小時，使人意識清醒，我便規定自己過午不喝咖啡了。茶品也如法泡製，過午少喝，而且以淡茶為主。我幫自己訂定了運動計畫，讓身體有了循環機制，並且在入夜後漸次不工作、不寫稿，讓黑夜回歸靜夜。最後是少動怒；怒氣沖沖的夜晚，把不平帶進房中，氣忿難平，不太可能會有一個浪漫的夢。

有些專家以為自我催眠、自我暗示，甚至吃藥管用，事實上無效。它非因果關係，未明原因的治療，只是一種安慰劑，毫無療效可言。

全身動一動

運動的確可以防止生病，增加體能，讓人更健康，可以預防病毒，不必花錢看醫生，找罪受。

我們所熟知的德國馬列主義的創始人馬克斯先生曾說：「體力勞動是防止一切病毒的最偉大的消毒劑。」

他的話在當時的意思是集體勞動可以防止社會亂源，但同樣具有相當的醫學意義。運動的確可以防止生病，增加體能，讓人更健康，可以預防病毒，不必花錢看醫生、找罪受。

運動不只帶來健康，也能帶來浪漫與優雅，更重要的是不必花什麼錢。我一向不喜歡密閉式的健身中心，單單空氣一項就不符合要求了，氧氣少但廢氣多，這一點頗令人質疑其利於健康的說詞。

重點在錢，幾十萬的會費，聽起來就不太健康。良莠不齊的品質、營業與金錢糾紛，我常在想，這只是運動健身嘛，何苦這麼複雜，扭曲浪漫的開啟。

我的健身習慣就單純多了，說不用花錢是騙人的，至少球拍得花一點錢。我請朋友用友情價購得，每支拍子連拍帶線一千五百元，羽球一筒四百八十元，斷線重修一次二百元，球鞋一雙一千多元。拍子更換的機會較少，但球網與羽球屬消耗品，久久得花一筆，即使如此，比起幾十萬元的會員費用還是少太多了。

我們四個球友為了一顆球的戰爭，延續了十年，倒也是異類。不膩嗎？一點也不！事實上帶給我們更多的是好處，至少天天都有一回歡樂時光。球友是個商人，本來還有些憂鬱，身體不佳。如今這兩筆症狀早消失無蹤，取而代之的是談笑風生，我們還戲稱是他的救命恩人。

我也喜歡浮潛，這也需要裝備，比方說浮潛鏡、防寒衣、止滑鞋，三千元一定有找，最後再準備一顆心就可以成行了。這些裝備一次買足就可以用很久了，經常性的消費大約就是由台北到海邊的油錢，理論上不至於傾家蕩產。

海中嬉遊由個人時間決定，有空的繼續到下午，再有空的，還可以躺在沙灘上看星星，沒空的，用完早餐就可以自行打包回府了。

浪漫哲言

體力勞動是防止一切病毒的最偉大的消毒劑。

——馬克斯

而今他們有了新玩法，買了一支三十元的糾纏網，用來抓岩蟹，豐收時，一次可以抓著十多隻，煮薑湯，熬粥皆宜。雖說有些殘忍，尤其當牠被扔進熱騰騰的鍋子裡時，心會揪了一下，但是入境隨俗，也就客隨主便，不好說太多了。我的朋友們的這種玩法，既浪漫又好玩，實際上也花不了太多錢，但是得健康、取快樂、好浪漫，一舉三得！

老作家薇薇夫人未必是窮人，但她的窮人養生術真的不賴；微微踮起腳尖，彷彿跳芭蕾舞，把手往上抬直，保持這樣的姿勢，繞著一個圓形的定點，半小時、一小時絕對滿身大汗了。這種簡略功法不受空間限制，可內可外，效果上，宜肝，宜肺，宜胃，宜腸。

紀政女士大力推廣的健走運動，也是出了名的窮人養生術，只要有腳、能走，便可邁開大步，健走去了。如果加上風景宜人，空氣清新，鐵定更有效益。除了球鞋與一瓶礦泉水之外，我想不出來有什麼花費。

我學的氣功與甩手功，都算不錯的運動，屬於懶人一員，幾乎免費，只要撥得出來時間。我選在空氣清新，負離子多、芬多精足的落雨松旁練氣功，據說效果絕佳。

即使以上的這些運動我悉數全做了，也花不了太多錢的。這些年來，我也的確爬山、溯溪、打球、泡溫泉、慢跑、練氣功，可是卻沒有太多錢從這些運動中流失。也許有些人上ＰＵＢ喝一次的酒錢，就足以讓一個尋常百姓運動多年了，可是前者委靡，後者陽光，你選哪一種呢？

不運動的四大藉口

每個人都有不運動的一百個藉口，我把它歸納成四大類——

忙。忙碌是人的最大藉口，常掛在嘴邊的話，可是這些號稱忙的傢伙，既非比爾．蓋茲，也非郭台銘、張忠謀，更不是李安、張藝謀，卻成天忙得團團轉，彷彿天底下非他不可似的，但連他自己也說不出個理由來。這種人不是太自信了，就是太自卑了，必須藉由忙來證明自己存在的價值。有必要這樣嗎？其實大可不必，因為人非機器，不可能無止盡的工作著，休息是必要。

我不忙，一直以來我沒有做什麼大事業，也沒有缺錢嚴重，更非搶錢一族，最重要的是，還想活。

老。你是人瑞？老到不能動了？很多號稱老的人，實際上並不老，大約四十歲左右，就已心力交瘁了。

三十歲喊老，或者看起來很老、體力很老的人，都該好好檢討了。為何人未老心就先頹唐呢？這麼看來，老應該不是藉口，而是魔咒。

累。誰讓我們累的？累的理由呢？工作關係？還是缺乏運動？

專家指出，缺乏運動是疲憊造成的，因為積累下來的壓力與化學物質找不著出口，囤積起來，就成了問題的來源了。運動是出了名的「除累大師」，效果是一般市面所知的所有方法的九倍。

難。什麼事不難？我沒發現這個世上有容易的事，大多數的事都有一定難度，想從中得到利益更是難上加難，成就者不是偷懶者，而是努力者。

相較之下，運動簡單多了，只要有雙手、雙腳，可以甩甩毛巾操、跳繩、走樓梯、仰臥起坐等等，都可以達到運動的效果。

旅行養靈

旅行使逐日失去的心靈養分，
一寸寸的復活過來。

養心、養身之後，該養養性靈了。富蘭克林提點過人們一件事，平凡人的最大缺點，就是常常覺得自己比別人高明。還好我沒這一點毛病，常常覺得自己不怎麼高明，想的盡是笨方法，但還算管用，便野人獻曝吐露給讀者了。

旅行一事，得花一點錢，而且不算太少，一家四口出國旅行，有時得花十萬元以上，但很浪漫、很有價值，值得一試。國內的行程便宜一些，花東也許數萬元可以解決，如果東北角來去，自己帶便當，就不必花什麼錢了。

旅行還可以分成過夜與不過夜。戀家的我，以前不愛過夜，常常風塵僕僕趕回，大約唯有自己的枕能成眠吧，不習慣旅店中的枕頭，一夜難眠。可是隨著年紀漸長，不得不做了調整。一來身體機能老化，趕也趕不回了，遠方的演講就成了留客天，非住不可。開車倒方便，秘密武器「枕頭」帶在身上，摸黑混進旅館，取了出來，發現睡眠品質便好了。

最苦惱的是搭高鐵，我總不能攜它上路吧，多可笑。這麼一來選擇飯店便成了重要的課題，這些年來，我開始有計畫的體驗各地民宿。

宜蘭是我老家，回家是常事，但自從我的國中導師蓋了一座鐘錶博物館兼營民宿之後，偶爾偷得浮生半日閒，便去叨擾一天。我堅持付費，所以就得等演講邀訪、有提供住宿的經費，便可以順理成章選擇住他那兒了。

老師的鐘錶收藏算得上獨步全球，亞洲肯定第一，即使世界上有此水準也不多了，它肯定列在前幾名。我有幸深入寶山怎可空手而回，一回、兩回，還是看不完，看來仍得再住許多回了。我的朋友聽我建議住了幾回，直說很有收穫，除了鐘錶的知識之外，還有老師淵博如海的智慧，徜徉其中宛如置身書海。

除了人與錶之外，建築物也有意思極了。它是一棟別緻的都鐸式建築，仿自台北故事館；老建築原為大稻埕茶商陳朝駿先生的休憩別墅及招待商賈名流的場所，光復後曾經是前立法院長的住宅，之後一度改為藝品館、美術家聯誼中心，對外多少有些神秘感。一樓紅磚造牆，二樓木造結構，外觀上有樹枝狀咖啡色木紋，上等檜木散發懷舊幽香，流行於當時的新藝術（Art Nouveau）凸花瓷磚，紅、黃、綠三色彩繪玻璃，多門多窗的設計及牆上的老照片，悄悄地說起老故事。

老師喜歡，進而模仿，成為台灣第二棟源於英國、一六四五年左右的都鐸王朝式建築，屹立於宜蘭壯圍的稻田中。鐘錶博物館只收一點清潔費，而民宿住上一天也只要一千兩百元。開車不難找著，只要下宜蘭交流道之後直行別轉彎，在高架橋前的東西四路左轉，行經一百公尺，就可以看見一棟醒目、樣式很特別的英國都鐸式建築了。主人叫游騰守，電話是〇九八九〇九三五九〇、（〇三）九三八〇〇七九、（〇三）九三〇九七一四。

有次我在東勢高工盛情邀約下做了演講，當天該校的李老師極力推薦我入住雪山十五K處的「賞星閱木」民宿。主人是兩姊弟，熱情招待著當天的唯一客人。我們在落日餘暉中用晚餐，在傍晚的昏黃下，看見晚霞大步沒入山頭，隔日清晨雲海升了上來，山谷中雲霧盤踞，美不勝收。那一晚，我在星空下、森林中睡著了，隔日醒來，窗簾一拉開，玻璃門前露出一大片密林，原來這非夢，我真的住在森林之中。賞星閱木民宿的住址是和平鄉中坑村雪山路育才巷六十一號；電話為（〇四）二五九七一四五六、〇九三七七一六七七五。

每年應邀去金馬幾回，住過許多夜，最有味道的當屬南竿的「日光海岸」。也許是淡季，又是平常日，我住的那一晚，客人不多。我分配到一間能夠靠海聽濤的雅房，是夜風起雨來，濤聲不斷，躍起拍岸。我醉在其中，竟迷迷茫茫入了夢，半夢半醒之間，順著波濤的節律，一覺到了天明。

這間旅店很有禪意，風格極簡，運用了大量落地景觀玻璃，巧妙地將自然景致與光影融於流暢的空間之中。設計師巧妙的結合了自然地景、人文與新東方建築精神，將視野與想望，在海平面外做出了無限的擴張與延伸。地址為馬祖南竿鄉仁愛村六號；電話是（〇八三六）二六六六六—九；傳真是（〇八三六）二二五六三八。

旅行使我逐日失去的心靈養分，一寸寸的復活過來。最近幾年，我偷偷發現自己比以前更愛賺錢了，原因無它，只是想玩，而玩確實需要一點錢。沒錢萬萬不能，原來不是諺語，而是真的。

現在工作賺錢非常不累，至少我明白目的與意義，而且夢就在前方。

不要捨近求遠

浪漫其實是自找的，一種必要。我把它放進人生的行囊之中，沒有了它，我便不明白人生的意義為何了。

捨遠求近是我奉行不渝的哲學。天天度假簡直是天方夜譚，不可能的，但把家修成度假中心，便有一點意思了。我提撥一點收入給了「木工場」，替我把家妝點成浪漫居所，我絕對有付錢，而且付出不少，但很值得。兒子不只一次告訴我住在小木屋之中，我便明白他有多滿意這次花錢替他裝修過的小窩了。

進駐家園多年，再修很煩，但我仍不厭其煩在自己最大的忍受度之中，一次次把已然老化的家拉皮、重整，添了新元素，讓它回復青春。我從房間整修到書房、陽台、走廊、廚房，而今動到了浴室與客廳。就這一次吧，收工之後，便拉皮完畢，又可好好住上二十年。

二十年？我的人生大約也只剩至多兩個，或者僅有一個二十年了，這麼一想，這個工程便顯得意義非凡了。

我的想法常引來得天獨厚的聯想，當是非也。我何德何能，哪能受到如此厚愛。浪漫其實是自找的，一種必要，我把它放進人生的行囊之中，它是我的方程式，不可能少了。短短一生，浪漫是我的印記，沒有了它，我便不明白人生的意義為何了。

我不相信有天上掉下來的禮物，身上的積蓄全數是揮汗贏得的，沒有僥倖。人生本是一體兩面，看見陽光的人得到陽光滋潤，望見陰霾的人，憂愁坐收。

截至停筆的前一刻，我依舊忙碌，日出而作，可是日落一定停息。錢雖非萬能，沒有了錢還是萬萬不能，兒女的學費，家庭的支出，媽媽的醫療費……沒有一樣不是從口袋中取出來的錢支應的。

就因為得努力工作賺錢，所以必定會累著、煩著，忙裡偷閒才顯得必要，否則日積月累鐵定悶出病來，這叫「逆向思考」。NBA籃球專家丘吉爾說過，悲觀者把機會當成困難，樂觀者把困難當成機會。我大約是後者，什麼困難在我手中都成了機會。

浪漫哲言

沒有休閒的生活，等於沒有活著。

——貝門

我喜歡休閒大師貝門的說法：「沒有休閒的生活，等於沒有活著。」

工作的目的是為了生活，而生活的意義就在休閒之中，它使我浪漫，添得優雅，排煩解憂不再埋怨，之後我再度回到工作崗位，忙碌賺錢。我周而復始的讓自己悠遊於工作與生活之間，工作使我有了一點可以支配的錢，但絕不遺忘錢的真正功能，它是賺來花用的，通過它，拜訪人生的優勝美地。

浪漫生活一事早被我確定成為一生的必要，我將為了它而努力工作，並且尋找人生玩樂的第三春，筆記本裡盡是密密麻麻新的夢想：

手拉抔：我一直想當陶藝家，找個時間拜師學藝，估計一萬元應該夠用一陣子吧。

作畫：太羨慕揮筆成畫的人，很想撥冗學學，學費準備好了，很快就可以找老師上課了。

有機堆肥：這是最迫切的需要，我花園的花兒需求不小，買的肥料太貴，自己製作的應該省很多。

潛水：浮潛早不過癮了，我想當海底考古學家，開始找友人教我潛水，趕快考取潛水執照。

作曲：作詞對我來說不難，作曲很難，如果會作曲，愛唱歌的兒女就有福了，但是如果他們會作曲，我就不學了。

遊歷非洲：衝著我們是從非洲移民來的，這該算是尋根了，可是得先存一筆錢再說。

閱遍博物館：這有一點難度，出國所費不貲，難度較大，但至少博物館的展品來到台灣展出，我一定會花一點小錢親眼目睹的啦！

金聖嘆寫過一文叫做〈不亦快哉〉，其中寫道：「夏日於朱紅盤中，自拔快刀，切綠沈西瓜，不亦快哉。還債畢，不亦快哉。讀虬髯客傳，不亦快哉。夏月早起，看人於松棚下，鋸大竹作筩用，不亦快哉。」

這些小事都不亦快哉，看來我的夢想更有資格，不亦快快快哉呀！

最大的夢，仍像海市蜃樓，如果有錢，我想營造一間名曰「美好生活中心」，開班收徒，傳授優雅生活的秘訣。只欠東風，就是錢啦！

一輩子，八十歲，只有四千一百六十週，二萬九千二百天，七十萬零八百小時，而且是減法，出生之後開始起算，日日、月月、年年都在減少。理解了，就行動吧！有些事現在不做，以後鐵定後悔的。

我的理論不合適八十歲的人來參透，最好四十歲之前，三十歲更好，如果二十歲就懂，那真佩服，這種人不是天才，就是哲學家了。

游乾桂作品集⑧

再忙，也要很浪漫

作　者—游乾桂
主　編—郭玢玢
編　輯—賴郁婷
美術設計—蔡文錦
執行企劃—艾青荷
校　對—游乾桂、賴郁婷

董事長—趙政岷
出版者—時報文化出版企業股份有限公司
10803台北市和平西路三段二四〇號四樓
發行專線—(〇二)二三〇六—六八四二
讀者服務專線—〇八〇〇—二三一—七〇五・(〇二)二三〇四—七一〇三
讀者服務傳真—(〇二)二三〇四—六八五八
郵撥—一九三四四七二四時報文化出版公司
信箱—10899臺北華江橋郵局第九九信箱

時報悅讀網—http://www.readingtimes.com.tw
電子郵件信箱—ctliving@readingtimes.com.tw
法律顧問—理律法律事務所　陳長文律師、李念祖律師
印　刷—詠豐印刷有限公司
初版一刷—二〇〇九年九月二十一日
初版九刷—二〇二〇年二月十四日
定　價—新台幣二六〇元
(缺頁或破損的書，請寄回更換)

時報文化出版公司成立於一九七五年，
並於一九九九年股票上櫃公開發行，於二〇〇八年脫離中時集團非屬旺中，
以「尊重智慧與創意的文化事業」為信念。

再忙，也要很浪漫 / 游乾桂著. -- 初版. -- 臺北市：
時報文化, 2009.09
面；　公分. --（作家作品集 ; 56）

ISBN 978-957-13-5098-1（平裝）

855　　98016283

ISBN 978-957-13-5098-1
Printed in Taiwan